U0902212

我们都是有歌的人

As Song, As Life

姚谦 著

Yao Chien

中信出版集团 | 北京

图书在版编目（CIP）数据

我们都是有歌的人 / 姚谦著. -- 北京 : 中信出版社, 2019.4（2019.6重印）

ISBN 978-7-5217-0148-7

Ⅰ. ①我… Ⅱ. ①姚… Ⅲ. ①散文集–中国–当代 Ⅳ. ①I267

中国版本图书馆CIP数据核字(2019)第039414号

我们都是有歌的人

著　　者：姚　谦
出版发行：中信出版集团股份有限公司
（北京市朝阳区惠新东街甲4号富盛大厦2座　邮编　100029）
承 印 者：北京诚信伟业印刷有限公司

开　　本：880mm×1230mm　1/32　　印　　张：11.75　　字　　数：120千字
版　　次：2019年4月第1版　　印　　次：2019年6月第3次印刷
广告经营许可证：京朝工商广字第8087号
书　　号：ISBN 978-7-5217-0148-7
定　　价：49.80元

服务热线：400-600-8099
投稿邮箱：author@citicpub.com

CHAPTER 1 自由诗人

CHAPTER 2 年轻旅人

CHAPTER 3

想念心情

CHAPTER 4 爱情哲学

CHAPTER 5 寂寞恋人

CHAPTER 6 生命物语

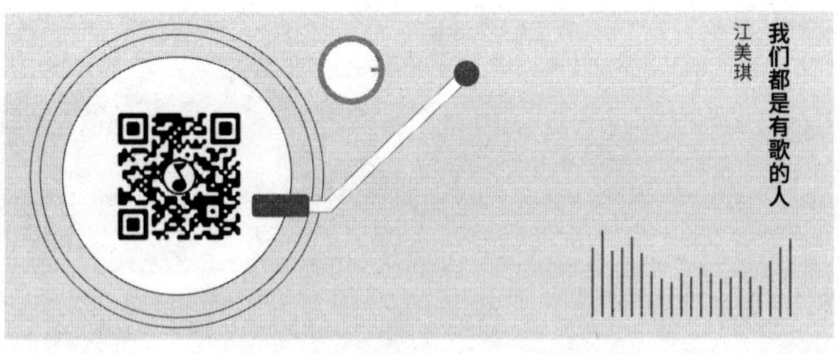
我们都是有歌的人
江美琪

《我们都是有歌的人》

作词：姚谦
作曲：林家谦
演唱：江美琪
发行时间：2018 年 12 月 21 日
所属专辑：《我们都是有歌的人》

每一个路口 风景不同
留下了各种感受
欢乐与感伤 各有线条颜色
涂抹在 岁月中

也许我们改变了
却收获了 多彩的歌

我们都是有歌的人 平凡富有
相遇分开 还有感想等待捕捉
我们都是有歌的人
轻轻唱着 爱过芳香的 渴望逗留

在这一刻 随音符流动
我的心 毫无保留

我们都是有歌的人 回旋人间
相遇分开 还有感想等待捕捉
我们都是有歌的人
轻轻唱着 当时隐藏的 不舍泪流

我们都是有歌的人 平凡富有
相遇分开 还有感想等待捕捉
我们都是有歌的人
轻轻唱着 爱过芳香的 渴望逗留

自由诗人

CHAPTER 1

不论什么年纪，迎向爱情时我们都是新手
一个人笑着笑着，突然流泪了
与生活和解，也是苟且之一
循环了一千遍的那首歌
谁都难免有所隐藏
怪不得人人渴望被爱
我是个年轻人，今天也要鼓励自己

不论什么年纪，
迎向爱情时我们都是新手

看似在跟对方倾诉，更多的是自己与自己对话。

你是我生命中的精灵

你知道我所有的心情

是你将我从梦中叫醒

再一次　再一次给我开放的心灵

关于爱情的路啊　我们都曾经走过

关于爱情的歌啊　我们已听得太多

关于我们的事啊　他们统统都猜错

关于心中的话　心中的话

只对你　一个人说

《生命中的精灵》

作词　李宗盛

作曲　李宗盛

演唱　李宗盛

发行时间　1986年1月23日

所属专辑　《生命中的精灵》

说到李宗盛，所有喜欢华语流行音乐的人都很熟悉。在音乐圈里大家称他“大哥”，之所以有这个称号，除了因为他的音乐制作能力优秀，还因为他既可以为他人做嫁衣裳，也可以回到自己生命本身的角色，去表达去创作。这很不容易。

在发行自己创作并演唱的首张专辑《生命中的精灵》之前，李宗盛连续替别人制作过几张获得了市场认可的音乐专辑。1986 年专辑《生命中的精灵》发行，第一次，他回到了一个创作歌手的角色。那一年，也是华语流行音乐重要的一年，是一个很重要的转折点。越来越多的年轻音乐人加入了创作华语流行音乐的行列，而《生命中的精灵》是这一时期缤纷、多样的华语流行乐专辑中特别突出的一张。

这是一张当时难得一见的个人色彩尤为强烈的专辑。没有很刻意地站在流行、讨好的角度，而是回到男性第一人称视角。整张专辑非常统一，很贴切地描述着那个时代年轻文艺爱好者的生活与思考。特别是专辑的第一首歌《开场白》，完全打破了过往所有华语流行音乐的习惯，这首短短的歌也让当年刚刚加入流行音乐圈的我，叹为观止！这张专辑的风格之所以独特，除了作品的自传色彩外，编曲、包装也都与过往的专辑很不一样。

在我看来，这张专辑最优秀的是歌词创作，八首歌词都异常精彩。

流行音乐的创作方法，常见的有三种：先有曲后有词，先有词后有曲，或者词曲同步创作。李宗盛《生命中的精灵》这首歌应该是词曲创作同步进行的。许多兼具词曲创作能力的音乐人通常这么创作歌曲：先设立主题，再拿起乐器想句子，词曲互相衔接、互相支撑，完成一首歌。更常见的情况，可能是先有了和弦的结构，再进行歌词文字的捕捉与思索，然后修整旋律。我甚至判断《生命中的精灵》是一首拿着吉他创作的歌。整首歌的结构非常简单，只有主歌和副歌——两段不同的主歌和唯一一段副歌。歌词站在年轻男性的立场，有着主观的独白色彩，看似在跟对方倾诉，更多的是自己与自己对话。

你是我生命中的精灵

你知道我所有的心情

是你将我从梦中叫醒

再一次　再一次给我开放的心灵

第一遍主歌中，“你是我生命中的精灵”已经破题。这是年轻男性对心仪女性很讨好的表白，很巧妙，用了一个小小的技巧来表达他的爱。“你是我生命中的精灵，你知道我所有的心情，是你将我从梦中叫醒，再一次，再一次给我开放的心灵。”第一遍主歌的歌词直接、简约，却很清晰地表明年轻男子，已经将自己生命的钥匙交给了对方。

关于爱情的路啊　我们都曾经走过
关于爱情的歌啊　我们已听得太多
关于我们的事啊　他们统统都猜错
关于心中的话　心中的话
只对你　一个人说

进入副歌，李宗盛却用了一种略为成熟的、与大众一致的说法。在告白之后，歌词立刻拉回到共同经验，让聆听者进入自己有过的经验里。

我所有目光的交点
在你额头的两道弧线

它隐隐约约　它若隐若现

衬托你　衬托你腼腆的容颜

第二遍主歌，想要更重一点儿，更具侵略性地表达自己的情感。这一段主歌，叙事者带着一点儿主动性，与第一遍主歌中略带一点儿谦卑的被动性，形成强烈的对照。这是歌词情感渐渐加重的一次优秀示范。两遍主歌，从抽象的心情来到了具象的画面里。越来越靠近，越来越聚焦。这也表达出了第一人称叙述者对于对方的期待和信任，甚至是依赖。听者都会被这诚恳、隐约却强烈的情感所吸引，虽然歌词从头到尾都没有说“爱”。

整首歌先从第一人称“我”开始，接着进入副歌，到了“我们”的语境。在第二段主歌，再回到更浓重的第一人称的情感里，强调专注面对对方时的心情。非常聪明！先取得共识，再深一度、进一步表达自己的情感，这样的情感甚至是带有秘密性的：“你是我目光的焦点。”甚至很写实、具体地说：你额头的两道弧线，我的眼睛就盯在那儿了，它若隐若现，它隐隐约约，在我的眼里，是你腼腆的容颜。从个人的内心独白，到交代自己的视线所在，进入真实的情境。接着，重复的副歌又转到了与大众相同的立场：“关于爱情的路啊，我们都曾经走过。关于爱情的歌啊，我们已听得太多。关于我们的事啊，他们统统都猜错。”

这是一种非常高明的示爱方法，也是非常高明的歌词创作方法，短短几句话，已经把整个爱情的轮廓描述好了。在歌词创作里常常需要一些点睛之笔，“你是我生命中的精灵”就是其中之一。而“你额头的两道弧线”，并没有明说那是眉毛与眼睛之间，但变成唱词时，人们隐约可以听明白，不过一旦听懂，就会深受感动，觉得有出人意表之惊喜。

《生命中的精灵》是带有一点儿自传性质的专辑，那时候的李宗盛正值“青春后期”，如何跟一个心仪的女子表达情感？这首歌能够写到这个份儿上，肯定因为当事人有过深刻的体会和经验，并很诚实地表达在了他的创作里。这也是当时的情歌里，少数站在年轻男性立场的歌。它有着年轻男子该有的生涩，也有着阅人无数、听过无数情歌之后的不知所措——当事情真正发生在自己身上时的茫然与不知所措。

在那个年纪，年轻男性有许多心事，要面对一些与自己、与理想、与现实之间的考量，那是特别容易感到孤独和寂寞的年纪，而《生命中的精灵》整首歌中并没有直接说到这些。但是在歌词里，在情歌的表达诉说里，最动人的常常就是让对方感觉到你对他的需要、在意和期待，让对方理解。这也是一种高明地表达自己孤独、寂寞与脆弱的方法。

推荐一首可以和《生命中的精灵》做“人生对照”的作品——《山丘》。《生命中的精灵》是李宗盛二十八岁的作品，而创作《山丘》时他已经五十开外了。这是男性青年和中年创作的对照，我们也可以看到随着创作者年纪的变化，自传体歌词中关注点和包容性的变化。《山丘》里有歌词：“遗憾我们从未成熟，还没能晓得，就已经老了。”“尽管心里活着的，还是那个年轻人。”这与《生命中的精灵》中“关于爱情的路啊，我们都曾经走过，关于爱情的歌啊，我们已听得太多”形成了一个很有趣的对照。年轻时写着自己早已阅人无数的感慨，到了中年却发现自己可能还未成熟，心中依然住着那个少年。

山丘
李宗盛
生命中的精灵
李宗盛

一个人笑着笑着，
突然流泪了

歌颂爱情、期待恋爱，并在想象中虚构了自己的爱情。

仰望星空

让我想起 Chagall[1]

恋爱的人

总是浮在城市半空中

视若无睹地

忘情忘我紧紧眷恋着

连公鸡都在温柔歌颂

你还没来

我一个人就跳跳舞解闷

你还没来

我一个人看着 Chagall 画册

虚构着可能属于我的美丽爱情

怎么忽然流泪了

后来又笑开了

《我爱夏卡尔》
作词　姚谦
作曲　伍思凯
演唱　江美琪
发行时间　2005 年 5 月 27 日
所属专辑　《恋人心中有一首诗》

1　Chagall：即后文提到的夏卡尔，白俄罗斯裔法国画家，大陆通译“夏加尔”。——编者注

《我爱夏卡尔》先有曲后有词，是一首我填词的作品。作曲者是伍思凯，那些年我与他合作过许多作品。邀请伍思凯写曲时，我还没有开始思考歌词，只是建议他给江美琪一首不太悲伤的曲子。

当我收到旋律，准备开始填《我爱夏卡尔》的歌词时，整张专辑《恋人心中有一首诗》已经定调：要趋近新诗。如何让歌词接近诗歌，让文字有诗意？我想起了绘画。而在我所了解的艺术家的作品里，给我感觉最接近新诗、最有旋律感的，便是夏卡尔（被称作“爱的魔术师”“梦的诗人”）的画。于是，我决定这首歌词以“夏卡尔”为主元素，以“我爱夏卡尔”为歌名。

夏卡尔是白俄罗斯裔犹太人，很年轻就离乡背井，孤身到巴黎从事艺术创作。幸好在巴黎遇到了他的妻子。而他的创作也反映着他与妻子的生活，以及他对美好爱情的歌颂。

很快地，从熟悉的夏卡尔画作里，我分析出了最令人印象深刻的一个特质：无论婚前还是婚后，夏卡尔的作品里，经常有自己与妻子，而画作中的他们经常是不着地的。有时是两人都浮在空中，有时是其中一位浮起来。在夏卡尔最有名的画作《生日》里，他浮在房间半空中，回头接近 180

度，吻着手捧鲜花、踮起脚尖的妻子，非常超现实。

确认了夏卡尔画作中画家和妻子常常浮在半空中，于是有了“恋爱中的人，都是浮着的”这个念头。这首歌词破题的部分，紧跟着便成形了。

仰望星空
让我想起 Chagall
恋爱的人
总是浮在城市半空中
视若无睹地
忘情忘我紧紧眷恋着
连公鸡都在温柔歌颂

接着我想，人们对于爱情的回忆或想象，经常跟爱情的发生地有关，而夏卡尔的画作中最常见的一个元素就是法国的埃菲尔铁塔。在他的画笔下，妻子常常穿着新娘礼服，与他手牵手，飘浮在埃菲尔铁塔一侧，天空往往一片湛蓝，月光皎洁明亮。有时，他们也会浮在放大了比例的各色花丛之上。除了夏卡尔和妻子以外，童年时在家乡看到的动物：

鸡、羊、牛、驴子等，都是夏卡尔画作里重要的元素，尤其是公鸡。没有男女主角的时候，有时画作里会出现一只猫。这只猫，经常在角落、窗口，或沙发后面、烛台旁边。“相逢在哪座城市”“公鸡在温柔歌颂”“小猫想做爱情的见证”……我融合了自己对夏卡尔绘画的种种印象，把这些都写进了《我爱夏卡尔》的歌词里。

我看爱情　爱情看我　两头

我唱了歌　歌给了我　美好期待中

你在哪里呢

我们将在哪座城市相逢

小猫想做见证趴在窗口

流星划过我们就恋爱了

填词的时候，我同时在想：江美琪该怎么唱这首歌呢？或许用期待爱情的女孩的心情来唱，因为夏卡尔对爱情的描绘总是让期待爱情的男男女女对恋爱抱有美好幻想。于是整个故事的轮廓都出来了：从不带主观色彩的夜景开始，接着是一系列夏卡尔画作的梦幻印象；在这首愉快的歌曲中，主人公歌颂爱情、期待恋爱，并在想象中虚构了自己的爱情。

夏卡尔的画时常在隐约传达爱情背后淡淡的乡愁。而在这首歌词中我没有触及乡愁，比较着重对爱情乐观盼望的氛围。然而纯粹的愉快缺少情绪层次，需要对照一丝等待彷徨中的焦虑感受，所以在歌词的最后，我用了“流泪”这个字眼，一闪而过。

你还没来
我一个人就跳跳舞解闷
你还没来
我一个人看着 Chagall 画册
虚构着可能属于我的美丽爱情
怎么忽然流泪了
后来又笑开了

我记得，我把《我爱夏卡尔》的歌词交到演唱者江美琪手中时，顺口问了句：“你知道夏卡尔吗？”她瞪大眼睛看着我，没有回答。半小时后，有同事告诉我：“江美琪在办公室里掉着眼泪呢。”我吓着了，赶紧问：“怎么回事啊？”

原来她不熟悉夏卡尔，不知道该怎么唱这首歌。我当时非常内疚，自忖不该那么直率地问她。

隔天，我到诚品书店买了一本夏卡尔画册送给江美琪。而送画册的“小心机”，换来了一首我非常满意的音乐作品。

专辑制作番外

我很爱夏卡尔的作品，然而《我爱夏卡尔》却不只是为此而创作的。

我常在想诗歌与歌词的关系。那时古风兴起，歌词多模仿唐诗宋词的格式，或依诗词的韵律与动感来创作。但我认为，符合时代脉动的创作，应该跟当下的现实生活和思考紧密相系，而不是简单地模仿。

于是在制作江美琪的专辑《恋人心中有一首诗》时，所有邀约他人创作的歌词、我参与创作的歌词，都尝试着往新诗靠拢。接近新诗的歌词需要被读出来，更具现代感的歌词，会把表演的形式感降到最低，以接近平常语汇。于是我给自己定了个规矩，让《恋人心中有一首诗》这张专辑中所有的歌词读起来流畅、不矫情、不会脸红。每首歌在演唱前，我都会找一位朋友，像赵薇、刘若英、袁泉、蔡明亮，包括我自己，选一首歌的一段词来朗读录制，一并收录在专辑中。整张专辑正反映了我当时让歌词向诗歌靠近的努力，如果有时间，大家可以照着歌曲编排的顺序，听听这张专辑。

恋人心中有一首诗
江美琪
我爱夏卡尔
江美琪

与生活和解，也是苟且之一

有一种年轻的气息，是年轻人不知如何面对未来而感到迷惘的状态。

你说这世间离奇

纷纷扬扬却无意义

年少一去　黄昏先去

孤独的人　孤独里聚

深渊做床　来睡去

深渊做床　来警惕

六月的雨　清分星空　烟草及诗句

开始安于　小城油腻　半生的欢愉

《我纷扬的世间》

作词　唐映枫

作曲　唐映枫

演唱　唐映枫

发行时间　2017年10月11日

这两年来，在年轻的音乐创作人里，很难遇到一个像唐映枫这样深刻打动我的人。

最早听到他的作品，是陈鸿宇演唱的《理想三旬》。当我被一首歌打动时，总会好奇它的词曲作者，那是我第一次知道作词者“唐映枫”这个名字。后来听到唐映枫作词、刘昊霖演唱的《儿时》，更是惊艳。

我发觉唐映枫的很多创作都跟经历有关，有些是回忆，有些是对照当下处境的感叹。由他作词作曲并演唱的《我纷扬的世间》也不例外，歌词富有诗意，字里行间深刻地表达出他面对自己和生存环境时的状态。描述不在表象上写尽，保留一定的空间给听者，韵脚使用得恰当而自然。

唐映枫是 20 世纪 90 年代初出生的年轻人，来自四川，少年时就立志从事歌词创作，在生活中努力朝这个方向奋斗。可以感受到，他在这个过程里坚持频繁的阅读，累积了丰厚的储备。所谓频繁，是指他放大了自己的生活空间，细腻地感受着生活里的人、事、物，缜密地阅读着他所生活的小城市。从《儿时》这首歌就能清晰地看到，他生动地描述生活情景和记忆片段，同时维持着一个恰当的书写距离。

《我纷扬的世间》让我特别惊喜的是他的曲也写得好，演唱能力也颇高，如同他的歌词创作，不煽情不炫技，而且深刻对照出自身的经验。一个不到三十岁的北漂青年，在这个年纪就对世界有那么细微深入的观察，实属不易。面对他所看到的世间，他把一些感悟及对未来的期许都体现在歌里。就像典型的文艺青年，他擅于用自己对生活的一些思考和感触来构组自己的整个内心世界。

唐映枫这首《我纷扬的世间》有一种年轻的气息，是年轻人不知如何面对未来而感到迷惘的状态。它有些高处不胜寒的落寞，表现出年轻人面对纷扰世界生发的感叹，可能有点少年老成，却非常诚实。

失望于你　仿佛听见什么在低泣

疲于失去　不争年月尽头无意义

昨夜你对我说　来探清生活的底

这是轻薄之一　乏味人生的执迷

这首歌的旋律简单，歌词却特别深刻，唐映枫常会借由重复的旋律，让歌词得到充足的叙事空间，《我纷扬的世间》就有这样的特质。“失望于你，仿佛听见什么在低泣”，一开始就出现了对象“你”。唐映枫一语道破一种低迷寂寞的心理状态和略为封闭的场景。

“疲于失去，不争年月尽头无意义”，失去是所有人都要练习承受的一种情绪，也是人生一道必然要经历的坎儿。年轻时，对于失去有更强烈的感受，随着年纪渐长会释怀，却并不代表看淡，而是能够接受失去的事实。然而唐映枫借由“你”的失望说出年轻人对于“失去”的共同感叹，用“低泣”来对应“失去”的情绪。然后接上“昨夜你对我说，来探清生活的底”，失去之后，你会想知道最糟的还可能会是什么。这里，“我”开始定义了，“这是轻薄之一，乏味人生的执迷”。这是一个很有趣的写法，我觉得唐映枫在对文字的掌控上接近于电影导演，从对他人的描述中提出自己的观点。我们不要小看了生活与人生，对我们年轻时经历的有限人生，他定义这是“轻薄”的。唐映枫的早熟，使他的歌词透出聪慧之光。

不再讶异　那些夜航　情人及岛屿

野火一季　荒了玫瑰　酒瓶与自己

昨夜你对我说　偏爱饮醉与朝夕

这是荒唐之一　归苍白的自留地

主歌第二段用了另一种方式来表达“你”的反应与“我”的结论。当主题设定好后，可以把相关的名词或事件依照顺序和逻辑分类整合起来，这样描述一件事情，才会有立体的对照感。作词人透过“你”来说“不再讶异，那些夜航、情人及岛屿；野火一季，荒了玫瑰、酒瓶与自己”。唐映枫把年轻男子沮丧或情绪起伏时会做的行为，或者感触特别强烈的事情，整理排列。无论是关于惊喜愉快，还是关于颓废感叹，他最后把自己跟荒了的玫瑰与酒瓶对照，这是非常男性化的描述。“昨夜你对我说，偏爱饮醉与朝夕”，对照“酒瓶与自己”，然后对这样的状态下结论，“这是荒唐之一，归苍白的自留地”，非常清醒和自省。

你说这世间离奇
纷纷扬扬却无意义
年少一去　黄昏先去
孤独的人　孤独里聚
深渊做床　来睡去

深渊做床　来警惕

六月的雨　清分星空　烟草及诗句

开始安于　小城油腻　半生的欢愉

“你说这世间离奇”进入副歌，但我倒觉得它像是两段主歌之外，另一个旋律结构的主歌，延续着“归苍白的自留地”的和弦，副歌带着一点诗歌吟诵的味道。“年少一去，黄昏先去；孤独的人，孤独里聚；深渊做床，来睡去，深渊做床，来警惕”没有旋律起伏，反而凸显主歌的情绪起伏。除了词，旋律结构也令这首歌越听越有韵味。

无论是“睡去”还是“警惕”，他写得平淡，没有明显对抗那种平凡与孤独，呈现内心虽然接受，但并不完全喜爱的心理状态。很快，在一段非常抒情的间奏之后，又回到了主歌。“六月的雨，清分星空、烟草及诗句；开始安于，小城油腻，半生的欢愉”，到了这里，不再是举例的对照，在第三段的主歌时，词又有了一个小变化，最后一句“小城油腻，半生的欢愉”是这首歌最让我惊讶、最打动我的一句。这几乎是一个中年人无奈的醒悟啊！而二十几岁的唐映枫却能写出这种中年人才体会得到的，生命有限的无力感。

昨夜你对我说　错解对抗这道题

这是苟且之一　大雪人间的失语

所以失去　原来年月尽头无意义

歌词接着又回到对话之中。“昨夜你对我说，错解对抗这道题，这是苟且之一”，唐映枫下了一个感叹的结论，回应“你”的说法。“大雪人间的失语”是一句含有诗意的歌词，“所以失去，原来年月尽头无意义”，歌词最后的落脚点一反常规心灵鸡汤式的言之无物，反而用一个中性的“无意义”去揭示他此刻对于世间的看法。在整个生命里头，这些感叹都是短暂的，无法成为一个长久的、有决定性的意义。

这首歌的英文歌名“The Festival of Insignificance”（无意义的节庆），并非直译自中文歌名《我纷扬的世间》，而是根据歌中的核心概念取的。对于创作者来说，一个定义常有多种描述角度；唐映枫在《我纷扬的世间》里，至少从三个角度描述了年轻人在无措沮丧和困惑时展开的自我对话。“你”和“我”的对话正是自我对话的一种形式。

我纷扬的世间

唐映枫

理想三旬

陈鸿宇

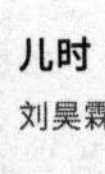

儿时

刘昊霖

循环了一千遍的那首歌

重复的节奏，正如同我们心中的秘密和渴望，

不断地被一些文艺作品揭发和挑动。

为什么还流眼泪呢

明明是不相干陌生人爱情

却打中我

为什么有些人笑了

是不是越悲伤的笑话就越能治疗失望

那些爱过和被爱的事

都忘了标句点

随着一首歌

或一篇微博

就可以点燃

《听一千遍后》

作词　姚谦

作曲　John Laudon

演唱　陈奕迅

发行时间　2011年11月11日

所属专辑　《?》

很多人认为我擅长写女性视角的歌词，其实我只是将观察到的想法，换成女性第一人称来检查——用女性的观点审视男性，回想我在爱情里曾表现出来的行为，可能会让女性有什么感觉，是喜欢、感动，还是觉得受伤？除了自我描述，尝试站在别人的立场，用别人的观点来审视自己，这种对照本身就是一种常用的创作方法。

作为创作者，我有许多作品是有感而发的，有些会感动他人，有些可能让人无动于衷。同时我也是读者，阅读他人的作品时也会想，对于同一部作品的反应，有没有人跟我一样？

写《听一千遍后》这首歌词时，我让自己站在聆听者的位置思考。试想，很喜欢一首歌，为什么喜欢它？听的时候，心里产生过什么细微的变化？是怀疑、肯定，还是强化了曾经有过的感动或失望？

陈奕迅是很懂得用简单却深刻的方式表达自己的歌手，在谈话节目里，他喜欢用搞笑、幽默的方式与人交流，也擅长用简单的方式做各种回应。他的音乐作品感动过许多人，我曾在网络上看到他的歌迷分享反反复复听陈奕迅某首歌时的感想。

因此我想到，可以让陈奕迅来唱《听一千遍后》这样的歌，让那些被他的作品感动的人变成主角，由陈奕迅唱出他们的心声。

为什么还流眼泪呢

明明是不相干陌生人爱情

却打中我

为什么会被一篇文章、一本小说、一部电影或一首歌打动呢？一开始，我想先模糊感动的对象，来强化被感动时人的反应——“为什么还流眼泪呢”，这个“还”出现在破题第一句，其实是为了给后面将出现的“听一千遍”做铺垫——经过一段时间依然有重复的情绪，为一件相似的事流泪。“流泪”是感动最直接的联想，“明明是不相干陌生人爱情，却打中我”，这是很多人都有过的体验，在别人的故事里流着自己的眼泪。

为什么有些人笑了

是不是越悲伤的笑话就越能治疗失望

先用大家的集体经验来揭开序幕。两段主歌的前半部分旋律结构是一样的，所以在第二段主歌里，“为什么有些人笑了”其实对应的是“为什么还流眼泪呢”。有时候人会因为共鸣而笑，但这句歌词里的“笑”我是放在“黯然一笑”这个情绪上的。紧接着发问“是不是越悲伤的笑话就越能治疗失望”，这也是我从经验里得来的观察。许多时候，明明是一个可怜的人、一件不顺遂的事，我们却会被当事者的反应逗笑，那些笑声是面对尚未经事的自己时自然而然的反应。因为曾经的无知而造成的措手不及，在旁观者看来是有一点儿好笑，即便主角是悲伤、惊慌、不知所措的。这种笑也是在已知的现在对过往的失望弥补。

我以为我疯了　只是善感

世界上每个人所向往的事

相似却不一样

“演戏的人是疯子，看戏的人是傻子”说的就是这个意思。我们被一部作品弄得情绪起伏，而这些故事大多是虚构的，跟自己并无关系。这也说明阅读者感情丰沛，他的心是打开的，感触敏锐。“世界上每个人所向往的事，相似却不一样”，面对这个世界，人与人的想法可能相近却各不相同，但是人们都有在别人的故事里被打动、得到满足的经验，这是因为阅读者们在同一个故事走向里，各自捕捉到了心中的感想。

听一千遍一首歌　如果还有感叹

也许那终将只是渴望　曾经的失望

许多人喜欢一首歌便会反复地听，循环无数遍之后，如果还有感叹，那就表示这歌中所叙述的事，对听歌的人必有一些意义，也许让他想起了一直没有放弃的渴望，而那些未被满足的渴望持续被别人的故事挑起；也可能歌里有他始终未得到弥补的一段失望，所以每次听到那首歌还是会被打动。

每个人心中或多或少都有一些没有解开的心结，而这些心情往往都要借由别人的故事得到情感上的抒发。

这是一首编曲结构简单的歌，收到小样的时候，已经有了大概的轮廓。原曲的旋律最明显的特色是从头到尾，节奏打法琐碎，循环不变，陈奕迅演唱的版本最后也保留了这个特色。重复的节奏，正如同我们心中的秘密和渴望，不断地被一些文艺作品揭发和挑动。

创作番外

我想推荐一首同样使用了对位创作方法的歌：张学友的《她来听我的演唱会》，梁文福作词，黄明洲作曲。

这首歌同样站在一个听音乐的角色的立场，词作者让演唱人张学友来描述一个听他唱歌的女子，以及这位女子爱情经历的流转。梁文福文笔很好，他在歌词中写了一个女性角色的四个年龄阶段，书写她在爱情里的波折和感触。这首歌词，不只从创作者转换到听歌者的角色，还转换了性别立场，对位思考女性随着年纪变化在爱情中的心理变化，非常精彩。

她来听我的演唱会
张学友
听一千遍后
陈奕迅

谁都难免有所隐藏

每个人在面对自己的时候难免有所隐藏，某些人生经历你宁愿它不曾发生，所以刻意去隐藏。

我爱唱歌因为我寂寞
我爱唱歌因为我想说
歌里有我戒不掉的生活
还有爱做梦的你和我

我爱唱歌因为我快乐
我爱唱歌因为我难过
时光好像夜空中的烟火
你就是那灿烂的颜色

《我爱唱歌因为我寂寞》
作词　吴彤
作曲　吴彤
演唱　吴彤
发行时间　2016 年 3 月 11 日
所属专辑　《吴彤们・唱歌魂》

《我爱唱歌因为我寂寞》是由吴彤创作词曲并演唱的作品，我想借这首歌来聊聊如何用音乐做自我描述，因为面向自己对创作很重要。

我刚听到录制小样时，就特别感动。通常我们被歌曲感动，是因为旋律或歌词这些表层信息引发了情感共鸣，但这首歌触动我的是吴彤面对自己时的诚实。吴彤一直是个正直透明的人，在朋友圈里有口皆碑，对他人也非常诚恳直爽。这首歌完全映照出了我所认识的吴彤。我们经常害怕坦承和面对自己，《我爱唱歌因为我寂寞》却勇于面对，甚至愿意深刻地剖析自己。这也是吴彤坚定地面对人生的方法，通过一次次自我解剖，找到属于自己的特质，或者发现一些应该再度审视的事物。这首歌从他最喜欢的“音乐”入手，剖析自我，进而探索他喜欢音乐的原因。

吴彤是民乐家庭出身，经历过严格的训练，因为青春期的叛逆，大学时变成一个摇滚青年，却在一场人生的大雪之后重新回归，做起跨界音乐人，用更开阔的视野面对音乐，还因此加入了丝路乐团，至今已有十余年。对他来说，音乐就是一种面对自己的方法。《我爱唱歌因为我寂寞》这首歌表达出他越来越平和、越来越透彻地面对中年的状态，是一种自述。

这首歌结构简单，两段主歌后进入副歌，间奏之后再来一段主歌，然后进入副歌，歌词看起来相近，其实有细微变化，从面对自己，讲到面对与自己相似的“知音”。歌名“我爱唱歌因为我寂寞”出现在歌词头一句，开门见山地点出主题：为什么唱歌？因为寂寞。

看起来有点平凡到俗不可耐，却是实话。每个生命都是孤独存在的，而面对孤独时，人们更多在求证自己存在过的痕迹，并且寻觅相似的人互相对照，以显示自己并不那么孤独。对照需要桥梁，所以我们有了音乐。

我爱唱歌因为我寂寞
我爱唱歌因为我想说
歌里有我戒不掉的生活
还有爱做梦的你和我

我爱唱歌因为我快乐
我爱唱歌因为我难过
时光好像夜空中的烟火
你就是那灿烂的颜色

吴彤想透过音乐寻找与自己一样孤独存在的人，就像你和我，所以这首歌一开始就明快地唱出了歌名。主歌里他提到“我爱唱歌因为我想说”，这是在对照“我寂寞”。想说什么呢？“歌里有我戒不掉的生活，还有爱做梦的你和我”，主歌第一段就把“你”放进来，作为聆听的对象，但这个“你”仍然模糊。“我爱唱歌因为我快乐，我爱唱歌因为我难过，时光好像夜空中的烟火”，这是很精彩的一句词。“时光”与“烟火”相互对照，绚烂而短暂，徒留惊艳后的微微感伤；而“你”就是那灿烂的烟火，所有最美好的一刻都与“你”有关，“你”是“知音”的定位就越来越明确了。

如果一生只写一首歌
不知与谁合唱这首歌　这首歌

我爱唱歌伴着我漂泊
我爱唱歌等着你来和
纵然前路漫长还有迷惑
至少还有歌声陪着我

随着旋律起伏进入副歌，歌词变得更加有激情。“如果一生只写一首歌，不知与谁合唱这首歌”，虽然“你”已经引入歌中，但副歌却提出了一个“谁来合唱”的暗示邀请。“我爱唱歌伴着我漂泊，我爱唱歌等着你来和”，间奏后的第三段主歌，也延续着前面的铺陈，一面描述自己的生活状态——“我爱唱歌”，我爱音乐，音乐是我生活重要的一部分；一面把“你”和“知音”这个角色描述得越来越具体。第三段主歌，在“纵然前路漫长还有迷惑，至少还有歌声陪着我”这一句，将自己对音乐的爱推向高潮。

想用一生写成一首歌

多想邀你合唱这首歌

你的一生写成一首歌

能否让我合唱这首歌　这首歌

再次进入副歌，“想用一生写成一首歌”，跟第一段副歌里的“如果一生只写一首歌”相比，语气更为坚定。“多想邀你合唱这首歌”，以及“你的一生写成一首歌，能否让我合唱这首歌，这首歌”，这两句一退一进，先退一步相邀合唱，再进一步要求与“你”一生合唱。

《我爱唱歌因为我寂寞》是用音乐描绘的自画像。自我描述常常随创作同时完成，尽管这样的剖析通常有些残忍，但对创作者却极其重要。无论作品发表与否，创作者都应该保持每隔一段时间与自己对话的习惯。

每个阶段，人们对自己的描述也不太一样。小时候的描述可能偏重外貌，并带有对未来的畅想。随着年纪渐长，人变得更平和，面对世界时，开始知道自己生命的渺小，从而变得谦逊，知道自己有所欠缺。每个人在面对自己的时候难免有所隐藏，某些人生经历你宁愿它不曾发生，所以刻意去隐藏。但那些被隐藏的事，却往往是重要的创作素材，属于你性格里最柔软的部分。

一些不知如何处理的心情，会在重新审视之后逐渐明朗。音乐可以像画肖像画那般去创作吗？当然可以，你可以通过描述自己在外貌、心境上的变化，面对喜欢与恐惧的事，表明此时此刻的心境。一些人生里没有处理圆满的事，透过书写，常能使人打开心扉，更有勇气去面对那些本来想隐藏的秘密。当你觉得困惑、沮丧的时候，透过创作来自省，也是一种很好的处理办法。

我爱唱歌因为我寂寞

吴彤

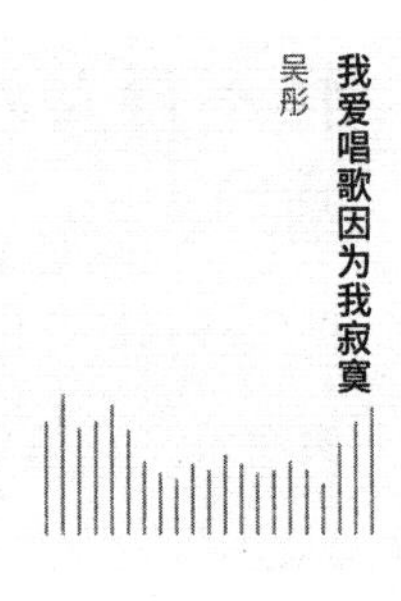

怪不得人人渴望被爱

用“公转自转”定义爱情关系的人会有怎样的口吻？

爽朗诚实。

虽然这样的形容有一些简单俗套　我想

我说你是我的太阳

但是你对我来说真的有如此大的影响

心情有黑夜白天之差

爱是这么自然

延伸出丰富感想

我像地球一样

你在我心思中央

《公转自转》

作词　姚谦

作曲　Waermo

演唱　王力宏

发行时间　1998年8月21日

所属专辑　《公转自转》

《公转自转》的旋律来自年轻的外国音乐人 Waermo，然而这不是一首翻唱自国外的曲目。这首歌的旋律是我在索尼音乐工作时，从澳洲版权部提供的未发表原创曲库中挑选出来的。歌词则是为王力宏量身定制的。

王力宏那时在美国已经有三年录制唱片的经验，签约索尼唱片是他大学毕业后的事业转折，自此他开始全职投入音乐事业。王力宏曾明确表达过他不想只做一个单纯的歌手，想要创作词曲，甚至希望参与音乐制作，更全面地发展音乐事业，希望透过创作和演唱更精准地表达自己对音乐的想法。《公转自转》这张专辑中，王力宏便贡献了 1 首词,5.5 首曲。

回想起来，他是一个充满能量的人，刚签完合约，他便背着大背包独自从美国飞到台北，立刻开始了为期两个月的专辑制作工作。他只为音乐而来，心无旁骛，这是一段愉快的合作，可惜在这张专辑发表之前我就离开了索尼音乐。不过专辑从头到尾我都经手参与了，算是我印象蛮深刻的音乐作品。

像王力宏这样思维清晰、个性简单、倾向逻辑思考的人，我当时觉得应该用自然、阳光之类的元素在歌中对照。《公转自转》旋律的节奏给我的感觉跟游泳很像，所以最早一版的歌词是写游泳的。初稿完成后，制作人 Jim Lee（李振权）担心“游泳”太偏向个人经验，建议我改成大众都有的经验，让人容易联想到自身。我完全认同他的想法，花一整天重写了一版歌词，就是正式发表的《公转自转》。

如何用情歌来描述一个理工直男？我尝试从自然科学中找出一条线索——联想到地球与太阳之间公转与自转的关系，顺应前三年王力宏情歌王子的路线，延续了情歌的主线，完成了这首词。《公转自转》的歌词里没有迂回的情绪，借用太阳和地球的关系，就定义了王力宏自然的性格。

地球与太阳的互动是地球绕着太阳公转，同时地球本身会自转。副歌在整首歌曲中重复次数最多，要让歌词记忆的重点和主题都在副歌中呈现。因而在主歌与Bridge[1]转折处，就要给予解释来建立一首歌的逻辑。主歌、副歌、Bridge各段落之间也需要有清晰的安排，不可随性而写。

我绕着你打转

圈　圈公转

1 Bridge：歌词中过渡的段落，一般也称作“桥梁音乐”或“桥段”。——编者注

在人与人的银河

爱让我不间断

“在人与人的银河，爱让我不间断”，我想从大家共同的知识出发，用第一人称写出内心的感想，所以用“银河”比喻外围人际关系，“公转”则是“我”与“你”之间的关系，破题的时候用较为口语化的句子：“我绕着你打转，一圈一圈公转。”Waermo 的曲已经让我知道，副歌会在整首歌曲一开始就出现，所以我沿着曲的创作来编排歌词。开头的副歌先表明主题，回头在主歌中诠释主题。而这种倒装要符合演唱者的立场，所以回到主歌时，就用了一个率真的自我调侃：“虽然这样的形容有一些简单俗套”“我说你是我的太阳”，借此来让大家感受主角率性的性格。

虽然这样的形容有一点简单俗套　我想

我说你是我的太阳

但是你对我来说真的有如此大的影响

心情有黑夜白天之差

爱是这么自然

延伸出丰富感想

我像地球一样

你在我心思中央

用“公转自转”定义爱情关系的人会有怎样的口吻？爽朗诚实。因此这一段主歌都在强化这个定位。副歌简单，主歌却直接有力地定义自己，先说自己俗套，接着便用温柔的语气让内心情感显露出来。衔接主歌与副歌的 Bridge 则写“爱是这么自然，延伸出丰富感想”，“我像地球一样，你在我心思中央”。这样的说明，跟主歌的自我定位不同，经过这一段稍显柔软的转折，歌曲再次回到朗朗上口的副歌。

这首歌的旋律起伏并不那么明显，歌词又较为接近口语，因此需要较多地思考平仄韵律，否则容易让歌显得平淡、呆板。所以在写歌词时我刻意在文字的选择上做了一些调整，增加平仄落差带来的律动感。

举个例子，在合适的地方设计断句，也会让整首歌产生新鲜的节奏感。在主歌的“虽然这样的形容有一点简单俗套，我想”一句，我故意把下一句的起句词“我想”放在了这一句的旋律后段，让第一句的旋律未完，延伸到第二句“我说”才结束。这种参差会让歌的节奏突破固定格式，听起来会更富节奏感，中、快板的歌很适合利用断句去营造活泼感。

主歌里两句旋律一样，到这句“但是你对我来说真的有如此大的影响”，就没有提前断句，但这时必须考虑最后一字要押韵。越是错开断句，越要坚持韵脚。很多人觉得守韵是老派的行为，但当旋律没有固定起伏时就必须强化歌词的平仄，否则可能无法形成有记忆点的歌词。创作《公转自转》的歌词时，我也是头一次严肃思考这些因素。

《公转自转》让我重新思考，是否越洋化的旋律就越可以远远抛开韵脚？事实却相反，当旋律起伏度低、节奏感强时，平仄变得更为重要。我听西方的说唱音乐，就发现平仄、韵脚在有节奏的歌曲里反而更重要。创作歌词时，掌握了韵脚的使用方法而刻意避开不用，才是自由的创作状态。我倾向创作要先懂韵脚，再决定要不要守着韵脚。

公转自转（单曲）
王力宏
公转自转（专辑）
王力宏

我是个年轻人，
今天也要鼓励自己

从低处仰望，期许有更多坚持，能够让自己的音乐力量往高处走去，隐约有男人的年少轻狂，但却充满自省的力量。

第二　切记不要与自身的平凡为敌

也没有必要　把自己变得不像自己

你曾慌乱过你的年华

实然　你们的一天都一样

面对是同一个　同一个太阳

《自己》

作词　许钧

作曲　许钧

演唱　许钧

发行时间　2016 年 8 月 26 日

所属专辑　《万松岭》

许钧的《自己》是近几年来我觉得有创新感，让人耳目一新的歌。它的歌词脱离了旧有流行歌曲的窠臼，提供了一种全新的尝试和写法。这是一首非常简单的歌，主歌加副歌，结构却特别不一样，三遍同样旋律的主歌之后进入副歌，而副歌只有一句歌词，唱了七遍，最后回到主歌，用了一半主歌的旋律做结尾。

歌名叫“自己”，从艺术、绘画的角度来讲，这首歌像自画像。歌词描述了当下的自己，自己现实的面貌和心里面的面貌。我之所以觉得这首词的写法是近几年来少有的创新，因为许钧用了罗列式、宣言式的方法写词。独特之处在于，宣言本应该是鼓励自己的，让自己必须遵守某些规则，然而许钧利用宣言和罗列的方法，横向地把自己剖开，在不同的面向里寻找线索，用这些线索来描述和鼓励自己，进而形成当下的自画像。逐一列出的“第一……”“第二……”“第三……”都是同样的旋律，面向却不太相同，破题先郑重地鼓励自己：要保持希望，在每天清晨太阳升起时，不要去遗憾，用这早餐的一片面包解决你的不安。

第一　要保持希望　在每天清晨太阳升起

不用太在意　这一手的遗憾

用一片面包解决你的不安

别担心　没人经过你的未来

没人驻足你的现在

第一段主歌呈现出自省之后的清醒，在每天清晨用早餐的一片面包解决自己的不安，跟昨日遗留下来的一些让自己懊恼的点点滴滴告别，重新开始、保持希望。然而一片面包的卑微之后，他告诉自己："别担心没人经过你的未来、没人驻足你的现在。"这是非常精彩的结构，是卑微的，因为没有人关心、没有人在意，只有自己要承担自己、为自己负责，但是许钧没有用任何添加的、心灵鸡汤式的形容词或者语句，反而把自己放到了最低，呈现出谦卑的姿态。

第二　切记不要与自身的平凡为敌

也没有必要　把自己变得不像自己

你曾慌乱过你的年华

实然　你们的一天都一样

面对是同一个　同一个太阳

第二段主歌，又是一个精彩的开始。“切记不要与自身的平凡为敌”，一个年轻人自认平凡，必是经过了深刻的思考和检讨。前面他告诉自己不要懊恼，不要为过去的事情不安，这第二条宣言则是他在自我警惕，告诉自己不要自以为是。如同第一段，这里先承认自己平凡，接着告诉自己千万不要“把自己变得不像自己”，看似平实、不精彩，却是一句诚恳的鼓励。没有用特别流行的“初心”“自己的面貌”等词语，而是用了最朴素的语言，只希望自己不要变得不像自己。巧妙的是，他把每一个、每一天的“自己”用“你们”来形容。是的，每个人每天都略有差异，有想法上的差异，可能因为游移、因为彷徨、因为不安、因为怀疑。然而每一天的你、每一天的自己都在面对同一个太阳。“同一个太阳”表示你的生命只有一次，无数不同心情的你、不同想法的你，都只能活一次，这些“你”共同组合成了“你”这一生。

第三　与自己所处的现在促膝长谈

写生命中所剩不多的情感

这世界不会再为你改变

只怕　就任其消耗殆尽

或者用力地喘息

第三段主歌，“与自己所处的现在促膝长谈”，我太喜欢这一句了。许钧在以一个谦卑的姿态沟通，而促膝长谈这一个动作被放到现在，面对当下，“写生命中所剩不多的情感”。也许过往太浪费了，或者太多心、太多虑了，于是消耗了太多情感，有一种疲倦感，但不能沮丧，因为他再一次让自己警惕：切莫把情感消耗殆尽。

三段主歌有不同层次，不同面向。有深有浅，由高而低，再仰起头来描述自己，把自己拉回当下，进入副歌，将一句“sing a song”（唱首歌）唱了七遍，非常简单，最后回到简短的只有半段的主歌，做了一个精彩的结论：“如若变成生命中的情不自禁，那就用最温热的手臂拥抱自己。”这是整首歌最温情的片段。

许钧写这首歌，必然经过了很长时间的思考，应该是解构过、讨论过自己，在很深刻的检讨之后，把解构之后的自己再重新拼凑。这首歌没有任何标签式、心灵鸡汤式的华丽字眼，完全不落俗套，深刻而诚恳。我想，好的创作诚实是最重要的，诚实之后，再用朴素的、属于自己的语言去表达，不要借用任何网络上的标签字眼和流行语。

第一次听《自己》时，我立马想起了酷玩乐队的《Everything's Not Lost》(《一切都没有失去》)，这两首歌有着异曲同工之妙。当然，更多人由许钧这首作品联想到的是李宗盛的《山丘》，因为它们都充满自我描述和检讨那种诚恳的力量。然而，它们是两个男人在不同年龄阶段对自己的检讨。李宗盛的《山丘》是中年之后，越过山丘、越过高峰的一种感叹，略带唏嘘；而许钧的《自己》则从低处仰望，期许有更多坚持，能够让自己的音乐力量往高处走去，隐约有男人的年少轻狂，但却充满自省的力量，非常难能可贵。

流行音乐很容易出现一窝蜂的现象，流行什么大家就都写什么。因此，清醒地面对自己，寻找自己该走的路尤为重要。我还想推荐许钧的专辑《万松岭》里的另外一首歌——《许和平》。在这首歌里，他用特别温情的方式描述了父亲，但依旧保持着一段客观的距离。他站在父亲的角度看孩子，所以用了一种略带孩子气的口吻，把父亲常常对孩子说的话变成了一首歌的主干，再回头描述父亲的爱。这同样是很新鲜的写词方式，没有夸大的歌颂、煽情的表达，大家可以听听看。

自己

许钧

许和平

许钧

万松岭

许钧

年轻旅人

CHAPTER 2

没有人一定会如期归来
时机就是缘分
爱情这场成人的游戏啊
另一种风景，就在几步之遥
你还好吗
长情的人总是特别可爱

没有人一定会如期归来

歌名是“旅行的意义”，最终想说的却是“你离开的原因”。

你品尝了夜的巴黎

你踏过下雪的北京

你熟记书本里每一句你最爱的真理

却说不出你爱我的原因

却说不出你欣赏我哪一种表情

却说不出在什么场合我曾让你动心

说不出离开的原因

《旅行的意义》
作词 陈绮贞
作曲 陈绮贞
演唱 陈绮贞
发行时间 2005年9月23日
所属专辑 《华丽的冒险》

陈绮贞的《旅行的意义》应该是很多人提起旅行时就会想到的歌。

陈绮贞曾在她的书里提到写这首歌的过程。那是一天清晨，她骑着机车[1]在淡水海边，骑得很慢，无意间哼出了这首旋律。当时的陈绮贞还没去过很多地方，对旅行充满憧憬与渴望。“旅行的意义”对她来说是一个深远的提问：向往的地方在哪里？心中的理想是什么？想不出的答案，成为她哼出的旋律。

那么，旅行到底有没有意义？令她困惑的是，身为一个喜欢窝在家的宅女，为什么在家待久了会突然想去远方，而去了远方却又开始想家？在旅途上她不解为什么要浪费大好时光翻看地图找路，甚至不晓得第二天该搭乘什么交通工具、看什么展览。这是一种彷徨，也是一种寂寞。

这使我想起独自去巴黎旅行的经验。我这两年特别喜欢old master[2]的作品，所以想重游卢浮宫、奥赛美术馆等地，

---

1 机车：摩托车。——编者注

2 old master：老大师。是在艺术市场诞生的约定俗成的名词。常常指代1750年前出生的欧洲著名艺术家（大部分是画家）。——编者注

探访古典艺术作品。虽然很早就整理出了计划参观的美术馆和去看的展览，但抵达巴黎后却始终定不下参展顺序。每天仍犹豫着该先去哪里。

每个人在旅行途中，多少都有些彷徨的心情吧。

《旅行的意义》这首看起来清淡的歌，藏了陈绮贞的很多巧思。歌词利用一些小变化把层次表现得非常立体。用句浅白，却很有画面感与意境；旋律特别舒缓流畅，结构是典型的民谣和弦，曲式也非常简单，只有主歌与副歌，副歌里每一句论断，构成了整首歌重要的核心。

你看过了许多美景
你看过了许多美女
你迷失在地图上每一道短暂的光阴

《旅行的意义》主歌有四段，整首歌是两遍主副歌结构，且是两段不同的主歌。陈绮贞非常幽默聪明，主歌一开头的“你看过了许多美景，你看过了许多美女”，点明她倾诉的对象是个喜欢旅行的男性。她以一个旁观者的视角，看着男朋友的每次旅行，主观地认为“你迷失在地图上每一道短暂的光阴”。我非常欣赏这句歌词，她把情绪放进去了。很多人认为旅行意味着美好的时光，但是这首歌的女主角却以略带抱怨的情绪，有意用“短暂的光阴”对照两人“长久的关系”，暗示“你”常“迷失”在短暂旅途上，短短的三句话就已经将两人的情感状态和女主角的情绪描述清楚。

你品尝了夜的巴黎

你踏过下雪的北京

你熟记书本里每一句你最爱的真理

第二段主歌，“你品尝了夜的巴黎，你踏过下雪的北京”，我记得曾经看过一篇评论，里面提到这句词是有暗示性的，带了些醋意与讽刺，怀疑男主角曾流连华丽的巴黎夜晚。聪明的创作者都善于在作品里放一些让人有遐想的字或句子。“你熟记书本里每一句你最爱的真理”，再次表达出两人对于爱情或生活的信仰是有差距的：你最爱的真理，似乎并不代表我们共同的真理。

却说不出你爱我的原因（你勉强说出你爱我的原因）

却说不出你欣赏我哪一种表情
却说不出在什么场合我曾让你动心（分心）
说不出离开的原因（说不出旅行的意义）

然后进入副歌，也是整首歌多次重复的核心："却说不出你爱我的原因，却说不出你欣赏我哪一种表情，却说不出在什么场合我曾让你动心，说不出离开的原因"。固定的副歌共出现四次，每次都略微改动几个字，以加重叙述者的情绪。

你累积了许多飞行
你用心挑选纪念品
你收集了地图上每一次的风和日丽

你拥抱热情的岛屿
你埋葬记忆的土耳其
你留恋电影里美丽的不真实的场景

到了主歌第三段和第四段。"你收集了地图上每一次的风和日丽”，但每一次风和日丽，她都缺席。“你留恋电影里美丽的不真实的场景”，什么是真实呢？她暗示：就是平常你与我的生活。

为了好唱好记，大多数歌曲的副歌通常旋律不变。陈绮贞谨守这个原则，却微调了一些细节，让这首歌既好记又有层次变化。第二遍副歌与前一遍唯一的差别是“却说不出在什么场合我让你分心”——将前一遍的“动心”改为“分心”。“分心”比“动心”力度更重一点，甚至感情更强烈。最后是“离开的原因”与“旅行的意义”，在这首歌进行到三分之二的时候，呼应两人离心的关系。歌名是“旅行的意义”，最终想说的却是“你离开的原因”。

勉强说出你为我寄出的每一封信

都是你离开的原因

你离开我

就是旅行的意义

“旅行”与“离开”在诗歌与散文中常被并提，它们相近，却有不同层次的差别。这首歌进行到最后，两人的关系已经到了对峙的状态，感情已成僵局。歌曲最终停在“勉强说出你为我寄出的每一封信，都是你离开的原因”，这也是此曲一个精彩的回马枪。为什么写信？是否代表着他们已经分开了？似乎也暗示着这首歌就是一封回应对方的信。

陈绮贞唱歌时看似漫不经心，却非常投入细节。她的表演就近似歌词创作，都在看似轻淡轻松的语气里，隐藏着精神上开放的内在思考。《旅行的意义》充满猜想，它只丢出许多可能性，让听者去想象，而开放式结局也让人觉得意犹未尽。

《旅行的意义》让我想起许多文人笔下与旅行有关的句子。北岛曾写过诗：“你没有如期归来，而这正是离别的意义。一次爱的旅行有时候就像抽烟那样，简单。”而钱锺书先生在《围城》里写：“旅行是一场艳遇，最后我们遇见自己。”还有一句特别幽默而有启发性的话，来自爱因斯坦：“我喜欢旅行，但是不喜欢到达目的地。”

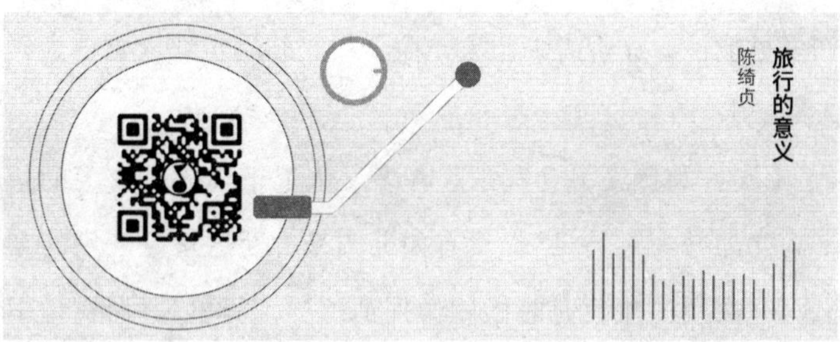
旅行的意义
陈绮贞

时机就是缘分

一本书读到最后会不自觉开始放慢速度，因为你知道，翻到最后一页，就得跟这本书里所有的故事和人告别了。

一座灯塔　两三个女人

一个孩子风中举起的向日葵

平静　孤独　自由

眼里　泪光　闪烁

你的故事飘来了花香

像艳遇一样忧伤

《像艳遇一样忧伤》
作词　钟立风
作曲　钟立风
演唱　钟立风
发行时间　2011 年 10 月 21 日
所属专辑　《像艳遇一样忧伤》

2015 年 5 月，我在大理参加为偏远地区的孩子演讲的公益项目。出发前，我正在吃早餐的时候，一位满脸胡楂儿的年轻人跑来大声向我打招呼：“姚老师好，我是钟立风！”然后笑着转身离去。几个小时后，我们一起搭车前往山区，途中提前下了车，沿着田边散步，那是我初次跟钟立风聊天。

之前知道他的许多音乐作品与文章，也听朋友聊起过他，对他有些了解。他的作品常让人感受到，这是个喜欢电影、音乐与旅行的文艺青年。他唱歌的方法很特别，几乎是带着旧时代腔调在唱着这个时代的唯美。他的作品即使在诉说忧伤，也依然是美的。他的音乐，常使人在听完歌曲之后，仍不自觉地在脑海内循环播放，掉入一个感性的时空。这是他作品的风格，也是迷人之处。

钟立风的书《像艳遇一样忧伤》，收录着他的散文、小说和一些断想，他把其中一篇文章写成了歌。这完全符合我对“文字音乐本同家”的想象！《像艳遇一样忧伤》乍看有着绮丽的主题，但听完整首歌，会发现这是他透过文字与旋律记录这个世界的一次尝试。钟立风擅长演奏吉他、风琴、口琴等多种乐器，这首《像艳遇一样忧伤》就把这几种乐器的演奏都融入编曲里，十分浪漫。

我想我曾亲吻过你
但我说不好是在哪里　在何时
我熟悉门外的青草
和你的气息
那么美　那么美　那么美

“艳遇”并非常态，只在特殊的时刻才会出现，而“忧伤”更多是感叹的意思。《像艳遇一样忧伤》的歌词，一破题就有电影的影像感：“我想我曾亲吻过你，但我说不好是在哪里、在何时。”破题是创作中很重要的环节，必须在最短的时间内抓住听者的好奇心，让人愿意继续跟着你的情绪起伏去探索。

《像艳遇一样忧伤》的曲子结构简单朴素，它有两段不同的副歌歌词。为了方便记忆，流行音乐的几段副歌一般都用同一段歌词，而在民谣里，会有两段不同的歌词来对应不同的主歌内容。这首歌最有趣的地方在于，你可以自由组合两段主歌与副歌歌词，交叉衔接也没有问题，因为这四段歌词的主题与结构都相近。这种创作可能也跟钟立风自由随性的性格有关吧。

他的自由带着些许少年的天真，对许多事不设限、保持好奇，并且可以完全沉浸到一个情境里去感受。这些特质在《像艳遇一样忧伤》中看得到。网络上流传着钟立风一段存在争议但挺有趣的话："音乐是我忠贞的妻子，文学是我最大的艳遇，它是我骄奢的情人。两者我都爱，当然爱的方式是不同的。"这首歌，应该在呼应着这句话，说的是他跟文学之间的关系。我们可以从歌词中看到许多故事性的描述，像电影情境般，四段歌词、四段画面，互相衔接成一个可以让人投射出自我生命经验的心境。

好的文学作品对情境的塑造甚至可以比电影特写的捕捉更细腻，不仅能描绘肉眼看到的表面，更能深入描述内在感受。这是文学的魅力。而好的音乐则可以为好的文学，再抹上一层美丽的色彩。《像艳遇一样忧伤》这首歌兼具这些优势，从旅人的视角，叙述那些在旅途中见到的不同的人，经历季节转换与变换的场景，再转向第一人称叙述者的心情写照，回忆他所经历的一切。

这首歌以"我想我曾亲吻过你"起头，然后串起关于气息与嗅觉的记忆。第二段告诉我们场景，主人公游走在陌生的街道与人群里，突然体悟“凡事皆有神迹，只需用心体会”，作为一个引领听者进入歌曲核心的mark（标记），这是让大家记住歌曲主题的关键话语。

这首歌的四段主副歌之间可以随意串接，细读会发现这是因为作者仔细盘算过。前面两段主歌的词都含有引导性，而后两段副歌的词则带有一些结论性，作者希望把整个画面导向某种情境。用旅途所见“那些飞逝而去的记忆和风景”，“一个孩子风中举起的向日葵”，与“你好、再见、忧愁”，“平静、孤独、自由”这些旅行的情绪相互对照着，让听者的聚焦点层层递进，最后定格在“你的故事飘来了花香，像艳遇一样忧伤”这个画面。

这里的“你”，也许是每本书的作者；“花香”则有吸引人、让人专注的美好暗示。歌词透过一些具象符号与开放的关键词，传达着钟立风的阅读经验与感触。对于文学偶尔给予我们精神层面惊艳的滋润，他以“像艳遇一样的忧伤”描述。

不晓得大家有没有类似的感受？一本书读到最后会不自觉开始放慢速度，因为你知道，翻到最后一页，就得跟这本书里所有的故事和人告别了。我初次看到“像艳遇一样忧伤”这个歌名，就想起了这种阅读体验。

音乐与文学是可以通过一首歌亲密融合在一起的。我想起二十年前的冬天，我在北京遇到了郁冬与他的专辑《露天电影院》，那些音乐也给过我同样的感觉。郁冬带着谱、弹着吉他，一首接一首，我听他唱了半个夜晚的歌，而与专辑同名的那首《露天电影院》至今仍常常回荡在我脑海。也许因为它不仅触动了我当时身为文艺创作者的落寞，更让我想起了很多童年的记忆。

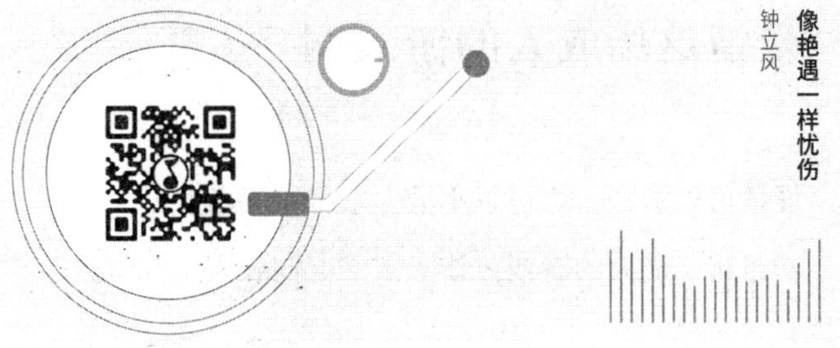
像艳遇一样忧伤
钟立风

爱情这场成人的游戏啊

爱情可以激烈，也可以平淡，它像一场游戏，

却是属于成人的游戏，让人忽然之间长大了几岁。

我们相爱后来被她家里知道

有天她带着我去了健翔桥她的家

她的爸爸妈妈说只要我是真心爱她

至于我做什么工作有没有北京户口都不太重要

爱情爱情她轰轰烈烈　爱情爱情她也平平淡淡

爱情爱情　她是成年人的游戏

爱情爱情　她会让你突然长大几岁

《她为我编织毛衣》

作词　钟立风

作曲　钟立风

演唱　钟立风

发行时间　2009 年 11 月 27 日

所属专辑　《她为我编织毛衣》

《你可以简单地飞舞吗》

作词　张羿凡

作曲　张羿凡

演唱　张羿凡

发行时间　2017 年 7 月 24 日

所属专辑　《安静时刻》

钟立风的歌就像朦胧诗，朴素、浪漫、唯美，却充满一种坚定的情感。

《她为我编织毛衣》非常美，歌词叙述着一则如诗的爱情故事。从主角眼里可以看到对方带给他的生活上一点一滴的变化。

虽然歌词描述着主角对“她”的情感，诉说着两人的感情发展，但从另外一个角度来看，歌词也是主角“我”的精神画像。用主角的渴望、恐惧和期待勾勒出“她”是一个怎么样的人，而他的恋人正好对照出他的情感需求。

我们相爱后来被她家里知道
有天她带着我去了健翔桥她的家
她的爸爸妈妈说只要我是真心爱她
至于我做什么工作有没有北京户口都不太重要
爱情爱情她轰轰烈烈　爱情爱情她也平平淡淡
爱情爱情　她是成年人的游戏
爱情爱情　她会让你突然长大几岁

爱情往往是渴望的投射面，歌词中的主角很好运，逐渐找到了明确的生活方向，并渴望与恋人一同完成。歌词中有几次提到爱情的美丽和可能带来的痛苦，爱情可以激烈，也可以平淡，它像一场游戏，却是属于成人的游戏，让人忽然之间长大了几岁。

我最早是透过这首歌认识钟立风的。后来见到本人，果然是介于男孩与男人之间的一个人。他朴素而诚实，他的歌以及他唱歌的方式，都没有任何炫耀的技巧。这是首简单的歌，主歌与副歌一共六段，随着他表述歌词的增减略微调整，编织毛衣对照着爱情的进行，后者如同编织，越来越缜密、纠结，继而无法解开，以毛线比拟两个人的灵魂互相纠缠。

这首歌会让我想起20世纪90年代的朦胧诗。多数朦胧诗不直接以写实的方式叙述，更偏向抽象的描述。因为不那么具象，反而更趋近人的情感与精神层面。

而这样的特质在钟立风的音乐里也能感受得到，在这简单的旋律里，六段歌重复吟唱着一点一点的描述，都是一些朴素而日常的经验。借由相同的情感经验赢得聆听者的感动，这是钟立风的创作吸引大家的原因。他的书写，即使怀有苦涩、痛苦的心情，也从不会用尖锐的字眼，歌词充满说服人心的力量。这是一首好听的民谣，歌词非常值得仔细品读。

我再分享一首我很喜欢的一位音乐人的作品，张羿凡的《你可以简单地飞舞吗》。

这看似是一首情歌，但我觉得它更像是对自我人生和生命态度的描述，安静得就像张羿凡内向的性格。他的生活也一直处在一个朴素安静的步调中，那是一种专注于面向自己内心的生活态度。即使“飞舞”，看似是外向扩张的行为，但在他的描述之下，“飞舞”也能简单得像蒲公英、小鸟和云朵那样，云淡风轻。

你可以简单地飞舞吗
就像是一颗蒲公英啊
随轻风飘落到山脚
垂下了高昂的面孔
享受这一刻沉默的依靠

你可以简单地飞舞吗
就像是一只无辜的小鸟

在溪边戏水的时候
被溪水打湿了翅膀
只为饮尽那片刻的清凉

你可以简单地飞舞吗
就像是一抹天边的云朵
从不为遮挡刺眼的光
只愿在风吹后离去
留下一片对天空的幻想

这是一首典型的民谣，包含主歌与副歌。一开始两段主歌描述飞舞的状态，有别于大家对“飞舞”的常规印象，更接近一种对自我存在和内在精神生活的描述：“你可以简单地飞舞吗？就像是一颗蒲公英啊，随轻风飘落到山脚，垂下高昂的面孔，享受这一刻沉默的依靠。”我所喜爱的朦胧诗人许多诗句中也有类似的情感描述。

那是对朴质生活与内心的追求，无论是蒲公英还是无辜的小鸟，所有的飞舞都是为了内在的追求，而不是为了获取别人注目。飞舞象征着生活里一切从简的心情，在张羿凡的歌词里，蒲公英、小鸟和云朵，这些用来比拟自己内心状态的事物，多是一种安静的存在。

现在网络虚拟世界如此躁动，人们因总害怕被忽略而不安，张羿凡却选择用简单唯美如情诗般的歌词和旋律来描述自我对人生的简单追求，与浮躁的世界形成强烈的对比。这一点跟钟立风《她为我编织毛衣》借由对爱情与恋人的描述，映照出自己的精神肖像有异曲同工之妙。他们两人都喜欢读诗，因此他们创作的音乐作品里也都有着诗般质地的歌词。

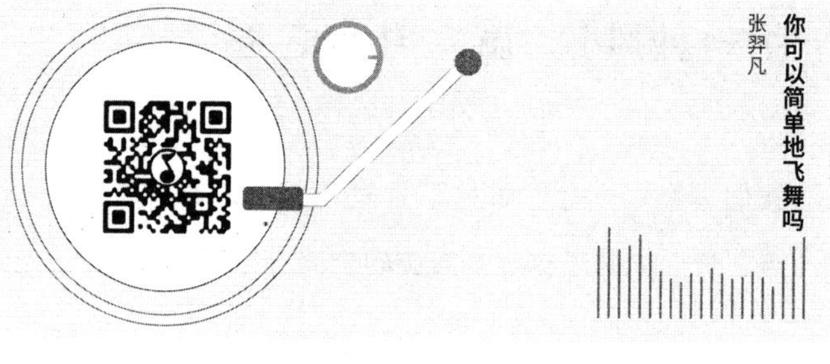
你可以简单地飞舞吗
张羿凡

另一种风景，就在几步之遥

我们常聚焦于一件事情不肯离开，却忘了在这个焦点之外，世界还有很多回旋的空间。

在这城市里

充满各种梦境

每个出口有不同风景

人们聊的话题

下雨声像低语

对我来说都好像诗句

在这城市里

我坚持地相信

一定会有那么一个人

想着同样事情

怀着相似频率

在某站寂寞的出口

安排好了与我相遇

《写给城市的诗》
演唱　杨千嬅
作词　姚谦
作曲　雷颂德
发行时间　2004年1月1日
所属专辑　《闭上眼睛去旅行2》

在唱片业蓬勃的时代，台湾与香港的唱片公司之间有很多合作机会，常常一首旋律会有粤语和国语两个填词版本。杨千嬅所演唱的《写给城市的诗》就是一个例子，作曲者是雷颂德，我是国语版填词人。

这首歌的粤语版是《自由行》，由黄伟文填词。当时，《写给城市的诗》这首单曲收录在台湾维京唱片的合辑《闭上眼睛去旅行 2》中，作为第一主打歌，借此宣传杨千嬅加入维京唱片，正好也配合她主演的电影《地下铁》在台湾上映的宣传。

我想用《写给城市的诗》清楚地表达歌者明亮、灵活的性格，并呼应电影《地下铁》中的盲女角色。同时，我也融入了自己在不同城市乘坐地下铁的旅行经验。整首歌说的就是独自一人在某个城市里，搭上地下铁，想着到达目的地的过程。

当时我制作了几张音乐合辑，都定名为“闭上眼睛去旅行”，跟我那几年常常四处飞行有关。那时没有高预算，我便经常搭乘公共交通工具。我很享受在车厢里面，接触当地的居民，观察他们的生活，聆听他们讲话。在我的记忆里，不同城市的地下铁都有着不同的味道和气息。

在地下铁进行
这座城市的旅行
像闭上眼睛去探寻
可能发生的爱情

我想我是非常非常幸运
没有太多不必要的打扰和原因
专心倾听
我心里面的呼吸
和靠近我生命的声音

我把乘坐地下铁的感想写进这首《写给城市的诗》里，于是这像一场在地下铁进行的旅行。之所以写“闭上眼睛去探寻可能发生的爱情”，是因为当时我常觉得等待爱情或想象爱情就像一场旅行。接下来的歌词，我尝试加入杨千嬅阳光乐观的性格：“我想我是非常非常幸运，没有太多不必要的打扰和原因。专心倾听我心里面的呼吸，和靠近我生命的声音。”这段歌词也在暗示《地下铁》中爱幻想的盲女角色。

在这城市里

充满各种梦境

每个出口有不同风景

人们聊的话题

下雨声像低语

对我来说都好像诗句

聆听城市的声音很重要，要像聆听自己心里的声音那样去听靠近我们的声音。城市充满了各种陌生的事物，我们都可以透过聆听去判断、去试着了解声音中的每座城市，以及它们各自不同的面貌。

在我的旅行记忆中，地下铁让我觉得最梦幻的，是当我走出某站时，眼前所见，与几分钟前在前一站入口所见的风景大不相同。就像乘坐了场景变换机，明明还在同一个城市，但当我站在出口处，还是会恍惚，感觉像置身另外一个时空。

这也是个转换心情的比喻，我们常聚焦于一件事情不肯离开，却忘了在这个焦点之外，世界还有很多回旋的空间。忘了在几步之遥的出口，就有不同的风景。每一次自地下铁出站时，我们都可以想象自己去到了一座新的城市。

最后，整首歌词，我还是决定结束在一个乐观的想象上：

在这城市里

我坚持地相信

一定会有那么一个人

想着同样事情

怀着相似频率

在某站寂寞的出口

安排好了与我相遇

这一段对照着幾米绘本中，那位盲女在地下铁行进时的一些梦想。最终，她要走出地下铁，怀抱勇敢的心情面向城市。

这是首旋律简单的歌，国语版和粤语版也明显呈现出我与黄伟文在创作上的差异。我更欣赏黄伟文的版本，他应该是个资讯狂，常在创作里整合各种资讯用以表达主题，作品也因此令人觉得更立体且丰富。

创作番外

写这首歌之前，我除了思考幾米《地下铁》绘本原著和电影内容，也思考了杨千嬅所扮演的盲女角色以及她本人的性格。关于她本人，资讯来自香港写词的朋友们。在他们眼中，杨千嬅爽朗聪明热情，有侠客心肠。果然，我们初次见面时，我就体会到了她侠客般的暖意。

《写给城市的诗》在香港录制，结束白天拍摄工作之后，下午杨千嬅顶着妆就抵达了录音室，看得出她完全没有休息。在录音前，听到她跟制作人雷颂德和录音师聊天，我不谙粤语，却隐约听到她说刚才在来录音室的路上，看见商家把东西堆在骑楼里，影响到了行人通行，她对此感到不满。侠客性格的杨千嬅，直爽而可爱。

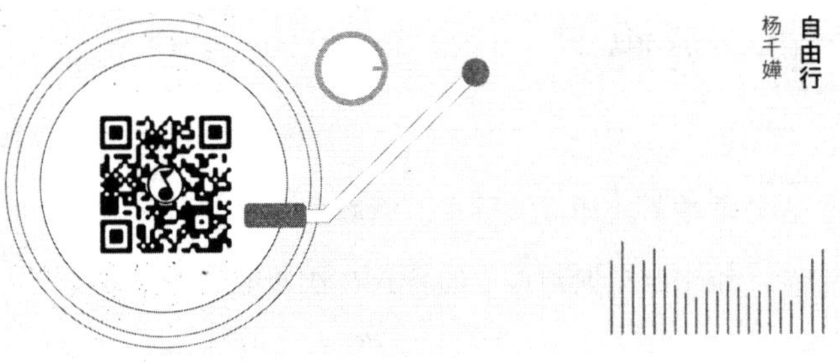
自由行
杨千嬅

你还好吗

人到适婚年龄却依然落单，随着单身朋友数量减少，越来越意识到自己的青春在快速地消失。

跟去年说再见

转眼又是冬天

才一年

看着世界变迁

有种沧海桑田

无常的感觉

Oh friend

我对你的想念

此刻特别强烈

我们如此遥远

《Dear Friend》
作词　姚谦
作曲　玉置浩二
演唱　顺子
发行时间　2002年1月1日
所属专辑　*Dear Shunza*（《亲爱的顺子》）

《Dear Friend》是顺子演唱、我填词的一首歌。作曲者玉置浩二是日本资深音乐人，也是安全地带乐队的队长兼主唱。20世纪 80年代末90年代初的华语流行音乐圈，翻唱外文歌的风气盛行一时。

2002年和顺子合作时，她已经是一位成名的创作歌手了。因为欣赏玉置浩二的音乐，她于是在新专辑的筹备阶段跟我提出想要翻唱玉置浩二的《Friend》(《朋友》)，而我年轻时就是安全地带的忠实歌迷，《Friend》更是一首早已打动我的歌，我自然非常赞同翻唱它。

怎么写这首歌词，当时的我想了很久。首先分析两人在音乐上的异同：玉置浩二的声音可高亢也可收敛，从声音的可塑性来看，顺子和他很像；他们都是创作歌手，整体的作品内容和演唱风格也都较为成熟。于是我决定，尽量保留原来的歌名，顺着日文歌词去想象，把女性与男性的差别作为一个突破口，来写属于顺子的《Dear Friend》。

对于朋友的想念多数人都是内敛的，内敛的情绪表达也更符合这首旋律。那么该如何站在女性的立场表达对于朋友的想念？我有意跳离了闺密情感的方向，还在这首思念友人的歌曲中隐藏了对逝去恋情的追怀。玉置浩二原曲的旋律较为简短，两段主歌后进入副歌，一段间奏后，再重复一遍主歌，然后回到副歌。我们保留了原曲的状态，甚至在编曲上，也刻意靠近玉置浩二的日文版本。

顺子在美国成长，在欧洲求学、组乐团，在台湾发表个人同名专辑。她的生命故事里，有不少散落各地的朋友令她想念，这也是她想翻唱《Friend》的另一个原因。我试着揣摩，决定在主歌里先把时间流逝和距离改变所引起的时空相对感表达出来。

从季节变化开始——进入冬天，在一年快结束的时候回望，暗示时间继续在走，并隐约透露朋友与自己在地理位置上相隔遥远。

跟夏天才告别

转眼满地落叶

远远地

白云依旧无言

像我心里感觉

还有增无减

跟去年说再见

转眼又是冬天

才一年

看着世界变迁

有种沧海桑田

无常的感觉

“跟夏天才告别，转眼满地落叶”，拿夏天做参照，交代此时所处的季节，第二句则回到主角自己的感受，“远远地，白云依旧无言，像我心里感觉，还有增无减”。而主歌的第二段是“跟去年说再见，转眼又是冬天”，这里拿去年冬天做参照，时间的流逝感比第一句更强。接着，是一句感慨：短短一年间，世界的变化真是“有种沧海桑田无常的感觉”。这种感觉，无论是在地理距离还是心理层面上都会有。

Oh friend

我对你的想念

此刻特别强烈

我们如此遥远

在现实生活中，想着自己与朋友遥远的距离，常常会很自然地唤起我们强烈的思念。因此结束了主歌的铺垫，情绪便流淌、递进到较为直接的想念述说。

朋友孩子的脸　说着生命喜悦

如果说　我们依然相恋

说不定在眼前　是另外情节

第一遍主歌结合了我对顺子漂泊经历的想象，到第二遍主歌时，在思念朋友的主题下，我加入了自己的生活体验。那时候的我有一种特别强烈的个人感受：每当看到与我年龄相近的朋友们成家、生子，并把所有关注点都放在孩子身上的那种喜悦时，仍是孤家寡人的我不免觉得心有缺憾。人到适婚年龄却依然落单，随着单身朋友数量减少，越来越意识到自己的青春在快速地消失。所以第二遍主歌，我写了“朋友孩子的脸，说着生命喜悦”，借此对照自己的孤单，这份孤单的背后藏的也许是之前未完成的恋情。我故意埋下这条线索来暗示进入副歌的“friend”与主角的关系——或许两人有过一段恋情，又或许两人同样落单，只能维持朋友的关系……我把这样不确定的想象空间留给了演唱者和聆听者。

最后我用简单的“如此遥远”作为这首歌的结束，想要传递“人与人之间某种遥远很难跨越”的心情。当时写这首歌，我刻意在用字用词上把情感淡化，顺子也用了接近于呢喃轻语的方式演唱。然而许多年后，听到姚贝娜的翻唱版本，她将情感积压在最后宣泄抒发的演绎方式，也深深打动了我。

用已经完成的外国音乐作品填中文词，是我刚开始写词时经常做的练习。那时我喜欢找中岛美雪的歌来练习，思考如何在同样的旋律里写出自己的观点。她的日文原词带有诗意，是我特别欣赏的作词风格，而她对于女性情感的敏感，让我觉得她就是“日本音乐圈的张爱玲”。后来我有机会用中岛美雪的旋律，填了本多 RuRu 的《美丽心情》、刘若英的《原来你也在这里》的歌词。大家也可以试试这样的练习方法。

创作番外

20 世纪 90 年代初，华语流行乐坛大量产出翻唱歌曲。中岛美雪跟玉置浩二的作品被翻唱得最多，王菲、张学友、郭富城以及草蜢等知名华语歌手及乐队都在抢着翻唱两人新歌的中文版，天后梅艳芳也有许多知名歌曲翻唱自日文歌。

当时我刚开始创作歌词，会经常跑去日本东京收集最新上市的专辑，然后带回台北一张张地听，碰到喜欢的曲子，总会练习为它填上中文词。这样的习惯维持了很久。

后来华语流行乐坛渐渐茁壮，我加入了国际唱片公司。那时许多国外的音乐人希望通过翻唱的方式进入华语音乐圈，让华语音乐圈的听众认识他们的作品。

记得那时 Robert Williams 写完《Better Man》（《更好的人》）后，他的经纪人把小样寄给了我，问我是否适合填上中文词交给华语歌手演唱。我填好词，林忆莲同步演唱了《Better Man》的中文版。而萧亚轩演唱的《蔷薇》也几乎是跟原唱 Sakura 的日文版同步发行的。类似这样的合作自上世纪 90 年代末开始，翻唱合作多是国外的音乐人主动邀约，希望华语歌坛有影响力的歌手演绎他们的作品。

Dear Friend
顺子

原来你也在这里
刘若英

美丽心情
本多 RuRu

蔷薇
萧亚轩

Better Man
林忆莲

长情的人总是特别可爱

让演唱者在那个旋涡中心看着自己，也让听众投射自己的心情。

在季节变换的天空里

你游游荡荡不已

在星月移动的夜空下

像迷迷蒙蒙轻纱

我一不小心失去的情感

说来遗憾

就把我不愿想起的过去

丢向天际

一览无遗

不再神秘

《变》
作词　梁弘志
作曲　梁弘志
演唱　苏芮
发行时间　1983 年 12 月 15 日
所属专辑　《〈搭错车〉电影原声大碟》

进入音乐圈工作前，我只是个纯粹爱听音乐的人。那时候台湾华语流行音乐经校园民谣的影响，在音乐圈兴起了一股创作风潮。由梁弘志作词作曲、苏芮演唱的《变》，自1983年发行以来，直到今天依旧动人，完全没有陈旧感，感染力依然强烈。

在接触过的华语创作人里，梁弘志在我心中一直排在前几位。他的作品使我憧憬流行音乐行业，甚至决定加入其中。

我常在写歌词时想起他，他从不玩文字游戏，作品中总有朴素而接近口语倾诉的亲和感。厉害的是，看似没有任何“武装”的文字，却渗透出契合旋律且有力量的歌词；看似没有太多技术，却能用简单的和弦组成旋律彰显歌词的内在力量。这首《变》也有这样的特色。

词曲环环相扣，能扩大一首歌的感染力。其实梁弘志的文雅都藏于平实朴素的文字之下，这带给我很大的启发。创作时我常提醒自己，不要卖弄或刻意对仗押韵，有时最朴素的述说反而最有力。就像梁弘志作词作曲的《恰似你的温柔》，开头的一句“某年某月的某一天”，就让我思考如何用最平凡的语句，不着痕迹地揭开人们愿意深入发掘和感受的内在情感。

苏芮在《一样的月光》《酒干倘卖无》的演唱中表现出了西洋歌曲里奔放的力量,《变》的演唱却是娓娓道来,抒发情感,只在结尾处略带激情。她的声音清亮有力,把梁弘志带着文艺色彩的歌词,唱得平易近人。

梁弘志懂得如何让主歌、副歌歌词之间的关系,反映在旋律之中,互相衔接,朗朗上口。他创作的歌曲,你可以从副歌,也可以从主歌开始唱,这都是创作者的精心设计。

当然,《变》之所以动人,还需要感谢编曲大师陈志远先生的巧思。他在编曲时已经把握住了歌词的特质。梁弘志的创作把这首歌的结构表达得很清楚,而陈志远在编曲上也没有用太复杂的乐器,他巧妙地把主副歌互相环扣,听上去,如波浪循环不断。

在季节变换的天空里

你游游荡荡不已

在星月移动的夜空下

像迷迷蒙蒙轻纱

我一不小心失去的情感

说来遗憾

就把我不愿想起的过去

丢向天际

一览无遗

不再神秘

这首歌词用念的方式表述，也许会有另外一番感受。我们直接从主歌第一段开始，“在季节变换的天空里，你游游荡荡不已”，“在星月移动的夜空下，像迷迷蒙蒙轻纱”，这是描述一个场景，而主歌一开始出现的“你”意指大众，把一种游移不定、迷惘的心情和季节变化、星月移动相对照。然后进入主歌第二段，却回到第一人称“我”：“我一不小心失去的情感，说来遗憾”。前面描述情景时还有比较唯美的用词，然而视角回到“我”时就充满了主观的情绪。“就把我不愿想起的过去，丢向天际，一览无遗，不再神秘”，在最后一句连续使用三个动态描述来传达情绪上的力量。

想起初相见

似地转天旋

当意念改变

如过眼云烟

然后进入副歌“想起初相见，似地转天旋”，“当意念改变，如过眼云烟”。喜欢《变》的人常会不经意地哼起这段副歌，它又回到了形容，对照前面铺陈的场景，当事者激烈的情绪波动后，进入场景转换，好像电影在表达主角的内心活动时，镜头会绕着主角360度旋转。这首歌的副歌就与之类似，让演唱者在那个旋涡中心看着自己，也让听众投射自己的心情。

梁弘志是个聪明的创作者，主歌以“你”的视角把唯美的场景、迷惘的状态先勾勒出轮廓，再把“你”变成“我”，转为当事者的立场，传递主观的行动和内心的状态。回到副歌，整个旋律进入高潮时，又把画面拉回最初的场景，回望叙述者“我”。如果这首歌当时有MV的话，它的画面完全可以随着这些充满影像感的歌词展开。从旁观者的视角到当事者的视角，使主角从客观的角度看自己，再回到当事者对内在自我的观察，最后跳到外在大场景，回顾这一切。在这首歌里，苏芮在高音和重复的部分，唱得一次比一次激动。从压抑渐趋激动，到最后释放出向天地呐喊的情绪，我听着唱着，心也被牵动着。

优秀的流行音乐作品应该感染人，让人投入其中，唤起自己相似经验里的感触。

变

苏芮

恰似你的温柔

蔡琴

一样的月光

苏芮

酒干倘卖无

苏芮

想念心情

CHAPTER 3

知难而退，未必不是好事
陪伴，是藏在心里的强烈渴望
我的想念与你无关
你当然有权利变心
离情别恨，古今如此相近
刚失恋总以为是世界末日
最深的挂念，往往说不出口

知难而退，
未必不是好事

刻意用较为宏观的视角去看一段感情结束后自我的变化，没有过多的自怜。

早知道　爱会这样伤人

情会如此难枕

当初何必太认真

早明白　梦里不能长久

相思不如回头

如今何必怨离分

《情难枕》

作词　李子恒

作曲　李子恒

演唱　林慧萍

发行时间　1993 年 7 月 1 日

所属专辑　《水的慧萍》

台湾在20世纪90年代兴起了一股卡拉OK的风潮，林慧萍的《情难枕》是当时的热门流行曲之一，收录在专辑《水的慧萍》里。

林慧萍是伴随台湾60后一代人成长的重要歌手，她出道于80年代初。当年的“偶像”以青春貌美为主，然后再细分动感、文静两种歌路，这一批歌手里，林慧萍应该是最具实力的一位。

林慧萍虽然轻声柔弱，但她的中音特别有力量，带有女性坚强的特质。专辑《水的慧萍》在1993年发行，这时她的形象也从少女转向成熟女性。我邀请了三位女性制作人——刘亚文、熊美玲和郑华娟参与制作这张专辑，刻意用女性观点增添整张专辑的女性特质，歌手定位是温婉的都市新女性。林慧萍的歌路柔中带刚，与她勇敢坚强、择善固执的性格吻合。我们常有机会聊天，生活中的林慧萍喜欢阅读，到了点将唱片后，抛开偶像歌手的包袱开始尝试各种歌路，但说来也奇怪，不同的音乐到她嘴里唱出来都会变成她的风格。

后来她远嫁美国，而那时台湾才刚刚兴起个人演唱会。有次我去美国，与她聊起：“如果有机会，我一定要为你办第一场个人演唱会。”我认为她的歌足以代表一个时代的台湾流行音乐。后来在我们认识十三年后，她终于回台湾办了第一场个人演唱会。演唱会招牌歌曲无数，而《情难枕》几乎是全场大合唱。

卡拉 OK 是把歌从“聆听”变成“传唱”的关键。

90 年代盛行的卡拉 OK 风潮，拉长了歌曲的流行周期和唱片的销售周期。《情难枕》长年蝉联卡拉 OK 必唱曲目冠军，也影响了整个台湾流行音乐的创作方向。

在那个年代，《情难枕》正好符合了时代雅俗共赏的需求。一首歌流行起来的重要因素是符合大众预期，获得大众的认同与理解，同时还要容易记唱。所以歌词创作需要更接近口语，更强化一些明确的态度，可能较文艺感的歌词更会被接受，而《情难枕》就具备这种特质。当然，歌词的平仄对仗也必须讲究。文字韵律强，歌手就可以在反复聆听中记住歌词，歌曲也更容易被传唱。

《情难枕》是优秀词曲创作者李子恒先生的作品。小虎队全盛时期的专辑几乎都出自李子恒之手。他也是 80 年代校园民歌兴起时出道的音乐人，气质温和儒雅。当时“金韵奖”二重唱歌曲《秋蝉》就是他的成名作，广为传唱的孟庭苇的

《冬季到台北来看雨》、苏芮的《牵手》，都是他的作品。

那年我运气很好，跟子恒要到的这首《情难枕》，虽然不是《水的慧萍》的第一主打歌，却红遍了大江南北，年年都有歌手翻唱，连周慧敏都演唱了粤语版，一时间红遍港台。这首歌甚至还有越南语版本。《情难枕》的歌词典雅中带一点儿中国风，编曲风格也较为婉约。不过我认为它更像是一首男性情歌，更多还是站在男性视角，与大家熟悉的女性情歌不太一样。

之所以认为它是一首男性爱情悲歌，是因为它态度明确，站在一个承担者的立场隐忍悲伤。我记得有一位男性朋友在婚姻结束之后，特别喜欢在难熬的时候去卡拉 OK 店里唱《情难枕》。

主歌开头态度明确："如果一切靠缘分，何必痴心爱着一个人？"痴情男子否定缘分的说法，果断接受悲恋。光这句歌词就让我觉得叙述者更像是男性。

在爱情结束后，"最怕藕断丝连难舍难分，多少黎明又黄昏"，这是一段漫长而伤感的历程。第二段主歌又回到了一个主动承担的角色身上。"就算是不再流伤心泪"，却"还有魂萦梦牵的深夜"，"那些欲走还留一往情深，都已无从悔恨"。"无从悔恨"突显出主角在面对剪不断、理还乱的纠结时拥有一种果断。进入副歌，语气开始有些埋怨，这也是林慧萍演绎这首歌时让人觉得印象深刻的地方，“早知道爱会这样伤人，情会如此难枕，当初何必太认真”，是一种赌气和任性的状态。

我反复在没有旋律伴奏的状态下阅读歌词，总觉得文字中有洪流般的悲伤，主角却在隐忍。跟通常的女性情歌不同，《情难枕》用了比喻的字眼，如“游戏”“红尘”来描述情爱，而非“眼泪”“纠结”。整首歌的结论虽定在宿命，但并没有怨天尤人。

《情难枕》刻意用较为宏观的视角去看一段感情结束后自我的变化，诸如“如果一切靠缘分……多少黎明又黄昏”，甚至副歌里的“除非是当作游戏一场，红尘任它凄凉”，都倾向感慨般地宣泄，而非哀怨地诉求。最后的结论“除非把真心放在一旁，今生随缘聚散，无怨无悔有几人”，没有过多的自怜，让《情难枕》从众多悲伤的情歌里脱颖而出。

正因如此，这首歌成了那个年代少数几首男性也可以在卡拉 OK 店里投射情感的爱情悲歌。

同样从卡拉 OK 红遍大街小巷的《梦醒时分》，也为陈淑桦的演唱生涯画出一道分水岭。词作者李宗盛为女性写歌，经常还是从男性观点出发，《梦醒时分》比《情难枕》更接近时代口语，有更多的都市感，而且陈淑桦咬字清晰，演唱不带任何“流气”之感，把一首通俗的悲伤情歌唱得特别清新。当时 MIDI[1] 编曲刚兴起，李正帆用清爽的节奏设计编曲，也让《梦醒时分》为偏好哀怨、冗长又悲伤作品的情歌市场注入了一股清新的力量。

在《梦醒时分》之后，我参与制作的柯以敏的《爱我》，也是那个年代卡拉 OK 情歌里为大众熟悉的一首。柯以敏有古典声乐的基础和长期演唱西洋歌曲的经验，而那个年代惠特妮·休斯顿、玛丽亚·凯莉刚走红，用洪亮广阔的音域演唱情歌十分前卫。《爱我》就因为正好符合了当时人们对于西方流行音乐的想象一炮而红。

如何在这个时代创作出雅俗共赏的作品？必须考虑整个时代的氛围和大家共同理解的方向。在这个大方向里要有独到的说法，甚至更深刻的说词，在接近口语之余，也得有异于口语的遣词用字，使听者快速理解的同时，要让作品本身保有余韵。

---

1 MIDI：乐器的数字化接口。通常情况下，MIDI 音乐指电脑多媒体技术编制的音乐。——编者注

情难枕

林慧萍

梦醒时分

伍佰 & China Blue

爱我

柯以敏

陪伴，是藏在心里的强烈渴望

人人都渴望陪伴，少年时渴望有更多的伙伴，青年时渴望找到心灵相通的伴侣，到老年时，期待有家人孩子的陪伴。但并非人人都能勇敢地表达这份需求。

我知道　半夜的星星会唱歌
想家的夜晚
它就这样和我一唱一和
我知道　午后的清风会唱歌
童年的蝉声
它总是跟风一唱一和

《鲁冰花》

作词　姚谦

作曲　陈扬

演唱　曾淑勤

发行时间　1989 年 5 月 1 日

所属专辑　《装在袋子里的回忆》

发布于1989年的电影《鲁冰花》同名主题曲，也许是很多人开始认识我的一首歌。对我来说，这首歌非常久远。也经常有朋友跟我说，他是听着《鲁冰花》长大的。

距我写作这首歌词近三十年了，有太多人演唱过各种版本的《鲁冰花》。不久前，我听到贵州大山里的留守幼童们唱了一版《鲁冰花》，童稚无邪。我忽然被这群孩子打动，为什么这个听起来并非完美的版本却让我有如此强烈的反应？

当年电影导演杨立国把钟肇政的小说《鲁冰花》搬上大银幕，讲的是台湾中部偏远山区的茶园里，绘画小天才古阿明被年轻美术老师发现的故事。这位小天才母亲过世，由于家境贫困，父亲长年忙碌于茶园，只有长他几岁的姐姐陪着他长大。老师虽然发现了古阿明的天分，但却没有更多资源来支持他继续绘画之路。最后古阿明不幸夭折，而他留下的一张画获了奖，得到了外界的赞赏。

《鲁冰花》是这个孩子想念妈妈时在茶园里唱的儿歌。

许多人问过我：鲁冰花是什么花呀？说实在的，我对鲁冰花的了解仅限于书本和图像。电影里的鲁冰花是黄色小花，小说里则写到，那时的茶园里，人们都会让鲁冰花长在茶树旁，当花朵盛开时，就把它砍倒在茶树边，变成最好的天然肥料，这样会使茶叶长得更为嫩绿，采收的茶滋味更芬芳。钟肇政笔下的鲁冰花象征母爱，投射天才儿童古阿明心中的渴望。

我在两个小时内写完了《鲁冰花》的副歌。那两个小时里，我一直在想钟肇政的故事中鲁冰花所表达的情感，应该是孩子对母亲的想念。对一个孩子来说，就是缺席的陪伴。于是我决定从这个角度切入写词。没想到，近三十年后在贵州山区留守儿童的歌声里，又听见了当时我想表达的那份情感——一种真实的呼唤。

天上的星星不说话
地上的娃娃想妈妈
天上的眼睛眨呀眨
妈妈的心啊鲁冰花

往往越简单的歌越让人有延伸思考的空间，《鲁冰花》就是如此。大家非常熟悉的这段副歌，其实是单纯孩子的视角。

我知道　半夜的星星会唱歌

想家的夜晚

它就这样和我一唱一和

我知道　午后的清风会唱歌

童年的蝉声

它总是跟风一唱一和

当《鲁冰花》要发展成一首完整的电影主题曲时，就必须考虑到听众。我年轻时孤身从台南到台北工作，工作之余突然想家的时候，脑子里常会涌出少年时代和孩童时期喜欢的歌曲。于是我顺着已经完成的儿歌部分推展，“我知道，半夜的星星会唱歌，它就这样和我一唱一和”，星空经常是触动思乡情绪的意象，闪烁的星星似乎都在对思乡的游子唱歌。我还想起了夏日午后的清风及蝉鸣，它们也与家乡有关。

当手中握住繁华

心情却变得荒芜

才发现世上一切都会变卦

当青春剩下日记

乌丝就要变成白发

不变的只有那首歌

在心中来回地唱

进入到副歌之前的Bridge，描述的是大家都有过的感慨。人们离开家乡，去大城市漂泊，收获了繁华，同时也收到了内心的寂寞。长大后最深的感触便是，时间会让一切不停改变。我年轻时习惯写日记，常担心当青春过去、暮年到来时，我会变成怎么样的人？心中还惦记着什么？也许有点煽情，有点多愁善感，但却是当时我心中的真实感想。时间总是不断给我们新的挑战，失去的就不再回来，世界永远往前奔跑，我们可以留在心中的，往往就是记忆中那些曾经陪伴我们抵抗寂寞的片段，特别是曾经喜欢过的那些歌。

我不想把故事里母亲过世的孤子心态写得太明显，更想通过歌词唤起每个人在思念父母时都曾有过的心情。“夜夜想起妈妈的话，闪闪的泪光鲁冰花”，泪光闪闪是一种情感流露的象征，我在副歌的这几句设计了一个安静想念的画面。

人人都渴望陪伴，少年时渴望有更多的伙伴，青年时渴望找到心灵相通的伴侣，到老年时，期待有家人孩子的陪伴。陪伴，常常是许多人藏在心里的强烈渴望，但并非人人都能勇敢地表达这份需求。

创作番外

拍摄电影《鲁冰花》时，编剧写过一版更符合剧情的歌词，陈扬也谱了曲。但在拍摄过程中，小演员记不住歌词，没办法完成录制。为此，导演暂停拍摄，特地找来曲作者陈扬商量对策。

某天晚上，我们正在录音室录制郑智化的专辑《老幺的故事》，杨立国导演焦急地跟陈扬说，必须再写一首更简单、更像儿歌的歌。在这紧急关头，陈扬转头问我是否知道《鲁冰花》这个故事。我读过这部小说，于是写词的任务就落在我头上了。

我在两个小时内写完了《鲁冰花》的副歌，陈扬在一个小时内谱好了曲子。拿到歌，导演连夜赶回了山里的拍摄现场。后来为了宣传电影，我花了些时间，添加了成人视角的歌词，让它变成一首更完整、更适合向大众推广的流行歌曲。至此，才有了大家后来熟知的《鲁冰花》。

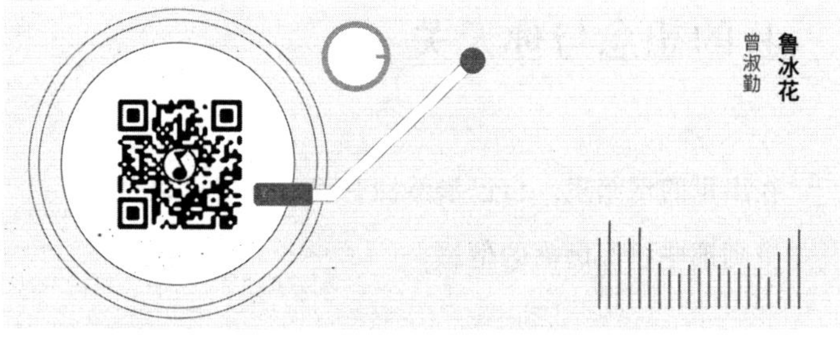
鲁冰花
曾淑勤

我的想念与你无关

在出世的情绪里，自己依然拥有着、依然可以感受到那些已经远离的情感。

曾经雨滑落　湿透我襟

曾让离去的背影　撕裂我心

而现在我可以感觉到

遥远的你　已愈来愈近　已愈来愈近

唤回我曾经拥有的柔情

请将它纳入你心　这是我最坚固的柔情

《坚固柔情》

作词　罗纮武

作曲　罗纮武

演唱　罗纮武

发行时间　1989 年 2 月 15 日

所属专辑　《坚固柔情》

大家可能不太熟悉罗纮武，他是一位非常低调的音乐人，总带着一点儿神秘色彩，几乎没有在任何媒体露过脸，而且作品很少。我刚进入唱片圈时，有一次在录音室工作时见过他一面，和他简单地说过话，他是非常沉默、安静、友善的人。

罗纮武是20世纪80年代“红蚂蚁合唱团”的主唱，他的作品都是自己创作或者跟“红蚂蚁”的团员们一起创作的，乐团解散之后也是如此。乐团当红时期，他的知名曲目《爱情酿的酒》让许多人惊讶，因为他给台湾摇滚乐坛带来了这样一首非常成熟的、具有蓝调风格的歌曲，而当时他才二十五岁。“红蚂蚁合唱团”于1986年解散，三年后专辑《坚固柔情》发行，口碑很好，虽然当时销量不高，但迄今为止，它仍是台湾地区华语音乐人都知道的一张经典专辑。

罗纮武的歌词创作常常是反向的。也许因为他的音乐大多是与乐团成员一起磨合创作，并在互动中完成的，因此没有太多文字凿痕或刻意设计。

专辑同名歌曲《坚固柔情》是一首短歌，旋律非常简单，跟许多蓝调歌曲相似，需要靠演唱者和乐队之间的互动，重复在音阶上做一些调整，把固有的旋律与演唱者、乐手的情感变化融合在一起，在情绪逐渐的加强或弱化中，让一首简单的歌词，引导聆听者进入一个精神上、情感上接近于飞翔的想象世界。

所以，这首歌一开头是“曾经”，以高音描述着“曾经雨滑落，湿透我襟”，“曾让离去的背影，撕裂我心”，这些都是对真实世界的描述，此刻重述，以“曾经”开头，就带有一些精神上的想象。通过这几句词，我们被作者的具象文字引导到想象中的情绪世界里。因此，当歌词后段一转折——“现在我可以感觉到，遥远的你，已愈来愈近，已愈来愈近”，这些原本不合逻辑的字眼在聆听者的精神想象中，就成了合理的。

写作这样的歌词是想让大家思考一件事情，我们在一个物理的世界、一个逻辑分明的真实世界里生活，而我们也习惯在创作中去捕捉、撷取、描述符合逻辑的现实事物。但是，精神世界里的时间可以是片段的、无序的，情绪可以飞扬，可以低落，不需要十分合理的说明与转折。这首歌的绝妙之处在于，在歌词创作中，作者使用了具象的文字来接近真实世界的自然，同时又包装出一种内心世界里带些想象和奇异的飞翔画面。

这是需要去磨炼和思考的创作方法，却不能通过在表象的文字里设计和捕捉，通过刺激别人明显张扬的差异来实现。因此《坚固柔情》这首歌词，如果只是单纯地阅读，可能会感觉文字有些平凡无奇，但如果配合着旋律仔细琢磨，便会发觉，它是用具象的描写来描述精神世界，而这些描写经过推敲，会发觉其中埋着许多不符合具象世界的逻辑。

而我们在创作时，常常在平凡的描述中藏着与真实的具象世界相悖的非逻辑性的情绪，这样的情绪如果放在歌曲里，与搭配得宜的旋律同步推进，再加上演唱者的理解和投入，带着个人情绪与想象，便可以演化成一首能带着聆听者在精神世界里飞翔的作品。

当歌者重复唱着最后一段歌词“唤回我曾经拥有的柔情”“请将它纳入你心，这是我最坚固的柔情”时，那低回重复的演唱，大部分时间接近于低语，偶尔高亢，这就是很贴近精神层面的表达。罗纮武的演唱功力太强了，可以让大家完全没有任何阻碍地进入到他想表述的忽而高昂、忽而低回的情感里。这样的歌词创作更需要作者在生活里捕捉，将看似日常的行为语态，灌入异想世界。

这种精神性的、内在情绪化的创作，依托精神的起伏，比较难用言语形容。不过，我可以分享一些我曾经尝试过的创作方法，比如闭上眼睛、捕捉自己在一个时刻里所想到的情境，试着把这些情境写下来，整理成符合逻辑的表象文字。就如同《坚固柔情》里淋雨的经验、告别伤痛的经验，类似冥想般，想象着那一切都是入世的情绪，而在出世的情绪里，自己却还依然拥有着、依然可以感受到那些已经远离的情感。这些意识流的东西，是接近于自我催眠的，但又不能表述得太不合逻辑，不然会让人觉得无病呻吟。

我在一些采访资料里看到，诺奖得主石黑一雄对歌词创作的看法。他说：要用一种亲密且坦率的第一人称视角去创作歌词，所以你不能将你自己的情感直接描述于文字，你必须隐晦地表达，让读者去发现这些弦外之音。读到这段文字时，我更加确信《坚固柔情》无论词曲都是如此，留下了弦外之音等着听者感受和发现。

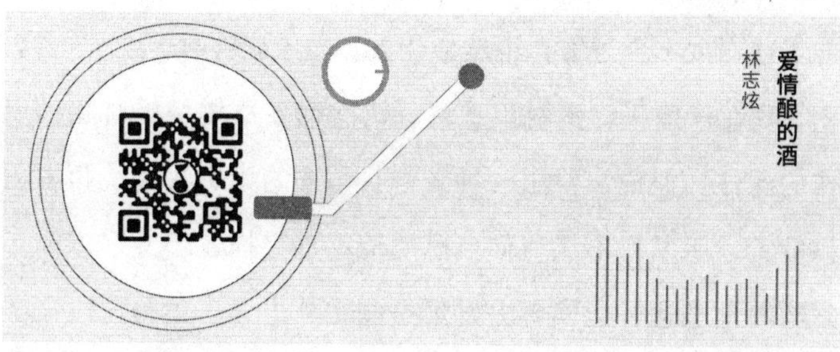
爱情酿的酒
林志炫

你当然有权利变心

去年秋天两人还情投意合，没想到今年秋天，自己的位置已经被别人取代。

知道你很快有了新恋情

我有点嫉妒　有些安心

关上一扇门　转身就能

推开另一扇门　走进去　那就是你

其实我　也开始想调整自己

只是谁　能帮帮我闭上眼睛不看见你

我也想忘了你

在秋天来临之前　不再想你

《秋天别来》

作词　姚谦

作曲　伍思凯

演唱　侯湘婷

发行时间　1999年8月1日

所属专辑　《你爱我吗》

《秋天别来》是我在盛夏时填的词，曲作者是伍思凯，这也是他为女歌手编制的首支单曲。录制唱片的时候，演唱者侯湘婷才十六岁，而《秋天别来》是她第一张专辑《你爱我吗》当中的第一首歌。

谈起这首歌，我忍不住想起 1999 年台湾维京唱片公司的创始期，那是一段既忙碌又充满激情和丰收的音乐时光。当时侯湘婷是个声音清亮、长相漂亮的小女孩，我们以“青春少女”为她定位选歌。从歌词、旋律，到唱片封面和 MV 影像，我们思考着有没有可能借维京音乐品牌进入华语流行音乐市场的契机，多做一些摆脱常规的尝试。《你爱我吗》是台湾维京唱片的第二张专辑，当年 6 月公司刚刚发行了江美琪的首张专辑《我爱王菲》，风格偏摇滚，市场反应不如预期，但在制作侯湘婷这张专辑时，我们仍不放弃走出不同道路的决心。借着伍思凯与流行音乐反向的勇敢创作，维京音乐鸣放了第二响。那时的我们真心希望做一些不一样的音乐作品。

《秋天别来》的旋律不似通常的流行音乐，伍思凯使用了巴赫《十二平均律曲集》中的《C 大调前奏曲》，这是所有学音乐，尤其是学钢琴的人都熟悉的曲目。伍思凯自小就学习古典钢琴，他尝试从自己印象最深刻的曲目开始，发展出一首全新的作品。若用流行音乐的结构来分解旋律，它包含主歌、副歌以及短短的转折 Bridge，但是主、副歌之间没有固定的和弦结构与界线，旋律随着《C 大调前奏曲》自在流动。

当我收到这首歌的旋律小样时，非常惊讶。伍思凯跟我说明了他的创作动机。如何在这个非典型流行音乐的结构中填上容易唱的歌词，对我而言真是个挑战。整首曲子的节奏、速度和架构都较为节制，起伏相对稳定。分析了旋律之后，我决定抛开歌词文体的约束，用接近白话散文的语言，循着这个自由的旋律书写。如此才足以匹配伍思凯的旋律，并彻底摆脱流行音乐常规的作词模式。

了解到这首旋律来自巴赫的《C 大调前奏曲》后，序曲的概念当即给了我很大的启发。我想，可以从“序”的角度来思考这首歌词，就像为长篇小说写序一样。《秋天别来》可能是个复杂曲折的故事，但我只为它写一个序。

序是一部完整作品的引子，独立于大的结构之外，不受正文约束，可以从故事里撷取一个章回或一个片段，让它作为一个入口，让读者抢先窥探森林的某一处风景，隐约感觉前方可能存在的事物。因此它可以摆脱固定形式的限制，但要精准，一破题就道出整个故事的主轴——“知道你很快有了新恋情”。于是我们知道，这是一个爱情已经结束的故事。

知道你很快有了新恋情
我有点嫉妒　有些安心
关上一扇门　转身就能
推开另一扇门　走进去　那就是你

预告了整个故事的序，就如同电影的预告片。写完主角“我”的心情状态，接着就要转入一个具象的象征画面，就是第三句的“关上一扇门，转身就能推开另一扇门走进去，那就是你”。在关门与开门的动态画面之后，让大家的目光定格在歌词的另外一个主角“你”的身上。

在下一个秋天来临
如去年同样月圆之际　有人陪你
其实我　也开始想调整自己
只是谁　能帮帮我闭上眼睛不看见你
我也想忘了你
在秋天来临之前　不再想你

“在下一个秋天来临，如去年同样月圆之际，有人陪你。”这句是回忆，同时还牵引出了主角“我”对即将来临的这个秋天的恐惧。去年秋天两人还情投意合，没想到今年秋天，自己的位置已经被别人取代。看上去平静，其实暗藏妒忌的情绪，暗示主角此刻的心情并不舒坦。

即便如此，主角还是很坚强地说：“其实我也开始想调整自己，只是谁能帮帮我闭上眼睛不看见你”，“我也想忘了你，在秋天来临之前不再想你”。我希望演唱者能用接近日常说话的语调和频率唱这几句，这是我在伍思凯流动的旋律之上做出的填词尝试。写这首歌词的时候，我假装自己是导演，想象着为一个长篇故事剪出诱人的片花，应该用什么方法？画面就在我的想象中渐渐清晰出现了。现在回想起来仍觉得这段创作经历非常有趣。

我很幸运，碰到了伍思凯这首突破流行音乐范式的旋律，有机会在那次合作中也推翻了自己过往的填词经验。那一年的流行音乐和唱片业看上去顺风顺水，《秋天别来》帮我们记录了一群音乐人在创作上的尝试。还要感谢那个年代聆听流行音乐的人，感谢大家愿意接受各式各样、不同方向的音乐。

专辑制作番外

1999 年的侯湘婷是个美少女新人，我们却决定不在唱片封面上突显她的美貌。记得唱片发行之后，很多人看到它都吓了一跳。封面上的侯湘婷站在山坡前，头发有些凌乱地自然披散着。封面照片是刻意挑选的。那时候，美拍和修图刚刚开始盛行，我们却故意挑选了一张最平凡的照片，没有补柔光，没有调色修饰，甚至保留了因晃动而失焦的背景。从音乐制作到视觉呈现，我们想捕捉的都是青春和美丽最日常诚实的那一面。

C大调前奏曲
巴赫
秋天别来
侯湘婷

离情别恨，
古今如此相近

故事虽然远在古代，但情感却直接而坦率，

那些离情是我们现在仍会经历的。

今宵酒醒何处　杨柳岸晓风残月

此去经年　应是良辰好景虚设

便纵有千种风情　更与何人说

《雨霖铃》

作词　柳永

作曲　尧十三

演唱　尧十三

发行时间　2015年10月20日

所属专辑　《飞船，宇航员》

《瞎子》

作词　尧十三

作曲　尧十三

演唱　尧十三

发行时间　2015年5月23日

所属专辑　《边》

《烽火扬州路》

作词　辛弃疾

作曲　吴彤

演唱　吴彤

发行时间　2016年3月11日

所属专辑　《吴彤们·唱歌魂》

创作应该回应自己所处的时代。

这些年古风兴起，许多模仿唐诗、宋词或元曲的歌词创作冠上了“古风”之名，加上平仄五声音阶组合，的确生出一股悠悠思古之情来照应这个时代。但若能以现在的观点为古人的文字谱曲，似乎更能让古风之意对照今日时尚。

民谣歌手尧十三是个不折不扣的文艺人，也是一位观点独特的创作者。他给宋朝柳永的《雨霖铃》谱了曲子，用古今对照的观点去编曲和吟唱。以身处的时代立场，用家乡方言贵州话重新诠释原词意境，并用同一旋律填词，另外完成了《瞎子》这首歌。这让我们感受到古风如何能更立体地与现代人的生活相应和。

《雨霖铃》有非常多的现代改编版本，但在尧十三的描述里，歌词更贴近一个当事者的感叹。我觉得《瞎子》和《雨霖铃》是彼此十分契合的对照创作，虽然两位词作者相隔了千年时光。纵然前人已经描述得很精彩，尧十三的作品却告诉我们，其实不用担心，因为时代不一样，相似的离别情境可以用自己的经验，甚至是自己的方言来演绎。大家在听到某首西方歌曲时，是否会被唤起听某首中文歌时的感受？我时常有这样的经历，后来才发现，原来在不同语言、时间和地点里，在不同的表达形式里，那些关于爱情、友情、相聚、别离的感受如此相近。

《雨霖铃》写别离，更准确地说，是面对情人即将离去时的孤单之情。柳永借景抒情，层次分明，将离情表现得淋漓尽致。而尧十三的《瞎子》，更多诉说主观感受，景只不过是他抒发情感的起点。尽情宣泄无人诉说的孤寂，这是尧十三这一代年轻创作者面对寂寞的当下时独特的书写。

在我求学的时候，还不明白为什么《雨霖铃》容易被记诵。后来我明白了，柳永所描述的故事虽然远在古代，但情感却直接而坦率，那些离情是我们现在仍会经历的。

在尧十三笔下，婉约的离情变得更加直爽干脆，先表达两人匆匆离别时心中的感伤，再明确地描述自己的形单影只，是《瞎子》整首歌词重要的叙事脉络。而他用贵州方言演绎，更是画龙点睛。方言使得情感更容易传达，也让更多熟悉这种方言的朋友，感受原词的平易近人，体悟它的意境。

以自己的经历重新构思前人的作品精神，是非常好的创作途径。我常在旅途中想起《雨霖铃》，“此去经年，应是良辰好景虚设。便纵有千种风情，更与何人说？”这几句特别有感觉。我们可以先听一遍尧十三的《雨霖铃》，然后再听相同旋律的贵州话的《瞎子》，便能有所感触。

在《雨霖铃》之后，我想谈谈辛弃疾的词《永遇乐·京口北固亭怀古》。吴彤先生在轮回乐队时曾演唱过这首词，命名为《烽火扬州路》，用激烈的摇滚乐演绎词中的壮阔情怀。相隔十多年后，吴彤又在与辛弃疾创作这首词相近的年纪重新演唱它，四十多岁的他，更能体会词作者创作时的心境。

辛弃疾是南宋词人，大部分的作品都在描述国仇家恨与壮志未酬的悲愤，《永遇乐》中也能见到这样的情怀。当年才二十二岁的吴彤创作了《烽火扬州路》，也许他还是个满腔热情无处宣泄的愤怒青年，借由乐曲来发泄内心的激动。但辛弃疾原词所传达的，更多是英雄老去的苍凉感慨。2016年吴彤再次演唱时，除了依旧高昂的声音和情绪外，更多了中年男性对世界和自身的感叹。

借鉴吸收前人的创作时，不应只停在对华丽辞藻和字眼的模拟上，这种模仿式的创作经不起时间考验，反而显得作品空洞苍白。音乐创作本应贴近自己生存的时代，即使用字遣词不变，还是可以透过旋律、表演、编排投射出属于自己所处时代的感怀。《烽火扬州路》整首歌词的推进并非完全依照辛弃疾词原词的语序。起头以“凭谁问：廉颇老矣，尚能饭否？”开场，把本在词尾的感叹移至开头，然后在副歌以“元嘉草草，封狼居胥，赢得仓皇北顾”来解构原词，以叠句渲染情绪，运用这种流行音乐里常见的方法，让宋词听起来非常当代。

这就是我所说的，给前人之作融入自己时代的观点再做诠释。若词曲同步创作，如何借用古词或模拟古词，传达出当代人的语气与情感，这考验着作者对原词意境的理解。想借用前人之作，必须要深刻熟读原作。

乍听吴彤演唱《烽火扬州路》的副歌，我们很可能会以为这是一段白话歌词。“元嘉草草，封狼居胥，赢得仓皇呀仓皇北顾，四十三年呀望中犹记，烽火扬州路，烽火扬州路！”它的断句、叠字，加上不故作古意的口语词，反而形成了毫无距离的亲和感，让人忘记了它出自南宋词人之笔。

烽火扬州路
吴彤
雨霖铃
尧十三

刚失恋总以为是世界末日

面对混乱收场的恋情措手不及，就像晴朗的夏天忽逢大雨，让人陷入一阵凌乱和狼狈。

你离去

那天忽然倾盆大雨

忘记关的窗

湿一地

人总要试着学习

往好的地方走下去

别总是在原地

从此我让四周阳光充裕

只是记忆里那一扇窗外

还没放晴

《窗外的天气》
作词　姚谦
作曲　伍思凯
演唱　萧亚轩
发行时间　2000 年 8 月 15 日
所属专辑　《红蔷薇》

《窗外的天气》是一首先有曲后有词的作品。当时，我邀请伍思凯为萧亚轩的新专辑写歌，他习惯用钢琴创作，这首歌的 Demo（小样）中，主歌的钢琴旋律非常抒情，副歌的钢琴伴奏弹得特别激烈，能听到暗涌，有着极具爆发力的情感。副歌让我想起了台北的夏天，天气能从晴朗突变至乌云密布，下起大雨。旋律给我的感受和联想，让我找到了创作这首歌词的切入点。

从描写环境开始，转到想要讲述的事情，容易引导听者进入设定情境，能够准确地把角色的感受和情感传递给听者。面对混乱收场的恋情措手不及，就像晴朗的夏天忽逢大雨，让人陷入一阵凌乱和狼狈。阴晴不定的天气大部分人都经历过，把人的情绪感受融入天气的变化，就可以引起普遍共鸣，让聆听者联想到自己相似的经历。考虑到这张专辑将在夏季面世，所以我在歌词开头这样写：

你离去

那天忽然倾盆大雨

忘记关的窗

湿一地

天气的瞬息万变总提醒着人们感受季节，并感知我们所处的这个多变的世界。刚刚失恋，人的心情必然是凌乱的、狼狈的，尤其是没有太多感情经验的年轻人。

《窗外的天气》是典型的流行歌曲结构，两遍主歌后，有一个很短的 Bridge，然后到副歌。歌词我便完全依照早已架构好的旋律来布局，先描写主角目前身处的环境和整体状态，直到第二遍主歌，才明确地表述主角此时此刻的心情以及造成这种心情的原因。听朋友提起旧时恋人的近况有好有坏，这一设定暗示着主角还在意那个人，而这样的描述能够在旋律进入副歌前，铺垫较多纠结的情感。

今天的天气是云淡风轻

仿佛不记得那一季湿湿的雨季

人总要试着学习

往好的地方走下去

别总是在原地

听到朋友谈起你的消息

这段时间你的生活有高也有低

那离开我的原因

已经变成你的伴侣

我只是你的过去

一旦进入旋律起伏强烈的副歌，悲伤的情绪就应该要完全流露了。而人在经历悲伤时，往往不是一味地悲伤，更多是内心在挣扎却徒劳。这样真实又无奈的情绪正适合用夏天突变的天气来对照。主歌和副歌里主角状态的反差，更容易让听者捕捉文字表象之外的幽微情绪，远比空洞华丽的形容词触动人。在这首歌词里，“一滴泪”“一场痛”这类表达都没有，副歌歌词只是用无奈的整体语境夹持着旋律本身流淌的忧伤。

虽然还继续想你

听起来连自己都觉得太煽情

虽然还依旧爱你

看起来又嫌多余

你离去

那天忽然倾盆大雨

忘记关的窗

湿一地

其实副歌旋律的开头有急促、连续的三个叠音，通常可以放置叠词来强化情绪。不过写这首词时，我故意回避了这个方法。我始终觉得，节制的笔法，更容易触动听者内在的情绪，于是用了平淡的语句："虽然还继续想你，听起来连自己都觉得太煽情。虽然还依旧爱你，看起来又嫌多余。"仿佛并不悲伤，只是埋怨自己。副歌最后的"你离去，那天忽然倾盆大雨。忘记关的窗，湿一地"，把整首歌定格在这个场景，用疾雨对照感情生活的狼狈，借此强化整首歌的主题。就像电影，当主人公缺席，画面定格在一个空镜头时，才最煽情。人去楼空啊。

而这首歌的 Bridge，旋律比较急促，所以两次 Bridge 的歌词，我设计得一松一紧，是为了让相似的歌词有明显的情绪递进。第一遍 Bridge 的"我只是你的过去"，到第二遍就变成"我只是你一段过去"。"过去"到"一段过去"，仅仅多了两个字，却令演唱者在情绪上做出了灵活的想象和变化，进而让听者得到越来越强烈的暗示，使整首歌的层次更为丰富。

在萧亚轩最后的录音版本里，我在间奏中加了一段英文独白，这是在编曲完成后决定的。用几句诗呼应整首歌，让歌蕴藏一些文艺气息，更具深度。我选的是诗人泰戈尔《飞鸟集》中的两句："Love! When you come with the burning lamp of pain in your hand, I can see your face and know you as bliss."[1]

《窗外的天气》是关于爱情走后的无奈与痛苦，而这首诗正好是用痛苦对照爱情里的幸福。泰戈尔的诗总是给人宽广的联想与思考空间，让人不再局限于文字的表象。这是泰戈尔诗作的魅力。将它加入歌词则是我试着让《窗外的天气》不煽情，并拓展出更多想象空间的途径。至于爱情，它不仅使人幸福和痛苦，更多的是让人思考，给人的心灵以启发。

创作番外

写《窗外的天气》这首歌词，花了不到两个小时，是我完成得比较快的一首词。这首歌词的创作，受到了我喜爱的作家张爱玲的影响。她的小说总是从细腻的环境描述开始：有时，通过描写光线的移动，暗示读者故事发生在什么时间、什

1 此处引自《飞鸟集》第162首："爱情呀！当你手里拿着点亮了的痛苦之灯走来时，我能够看见你的脸，而且以你为幸福。"——编者注

么季节，然后把大家带入特定的情境里；有时则会从一个小物件开始写，引导读者聚焦于那个小小的空间，并借此暗示主角的处境。

季节更替、天气变化都与时间相关，是很好的切入点，读者容易被带往创作者早已设定好的情绪和氛围里。

窗外的天气
吴青峰
窗外的天气
萧亚轩

最深的挂念，
往往说不出口

不容易透过语言与人分享的内心想法，
往往是最真实的。

如果这个时候窗外有云

我就有了思念借口

爱引动我飞行中的双翅

你回应　我靠近天堂

你沉默　我成了经过

翅膀的命运是迎风

我的爱　当你把爱转向的时候

我只身飞向孤寂的宇宙

眷恋的命运是寂寞

我的爱　当你人间游倦的时候

我会在天涯与你相逢

《飞的理由》
作词　姚谦
作曲　黄韵玲
演唱　林忆莲
发行时间　2000年1月18日
所属专辑　《林忆莲'S》

电视剧《人间四月天》在2000年播出，主题曲《飞的理由》的歌词是我在1999年为这部剧而写的，先有词，由黄韵玲作曲，林忆莲演唱。《人间四月天》讲的是徐志摩的三段感情故事。

写这首词的时候，戏才拍了不到三分之一，我还记得，我跟制作人徐立功、导演丁亚民和编剧王蕙玲从1997年开始就在好些聚会里聊起过这部戏。从剧本定稿、选角过程，聊到他们这些年来陆陆续续搜集到的关于徐志摩、张幼仪、林徽因和陆小曼的一些资料与故事。

如何用一首歌来定义这出戏？《人间四月天》的剧名来自林徽因《你是人间的四月天》这首诗，从许多资料来看，这个名字与徐志摩的大半生没有直接关系。所以当我着手写主题曲《飞的理由》的歌词时，资料的收集和分析，更多是针对徐志摩的诗和其他作品。

我认为主题曲应该站在徐志摩的角度去讲故事，他在三段感情中的立场、位置和感想截然不同，有无奈，有仰慕，有迷恋。而我在写主题曲歌词的同时，电视剧的原声配乐也在制作中，为了配合剧情，我安排饰演徐志摩的黄磊朗读了徐志摩的几首诗与一些信件。

徐志摩知名的诗歌不少，我写《飞的理由》时，也在不断重读，试图从中寻找灵感。我在阅读中发现，徐志摩诗的风格和西方诗人比较相近，常常会用比拟的方式来表达内心的想法，比如用拟物的修辞，把自己比作云或小草——这是启发我的重要灵感。

同时我发现徐志摩有许多诗都有关“挂念”这个主题。比如《雪花的快乐》这首诗，他是这样理解等待与挂念的：“假如我是一朵雪花，翩翩的在半空里潇洒，我一定认清我的方向——飞扬，飞扬，飞扬——这地面上有我的方向。不去那冷漠的幽谷，不去那凄清的山麓，也不上荒街去惆怅——飞扬，飞扬，飞扬——你看，我有我的方向！在半空里娟娟地飞舞，认明了那清幽的住处，等着她来花园里探望——飞扬，飞扬，飞扬——啊，她身上有朱砂梅的清香！”即使是一首快乐的有关期待的诗，最终描述的还是挂念。而在他最著名的《再别康桥》里，提到“在康河的柔波里，我甘心做一条水草”，也是一种离情眷恋，挂念前生。因此在创作《飞的理由》这首词时，我借用了同样的方法，写的也是挂念。

如果这个时候窗外有风
我就有了飞的理由
心中累积的悲伤和快乐
你懂了　所以我自由
你不懂　所以我坠落

我试着用戏中四位主角在爱情里面的不确定、犹豫与坚持，相互对照，希望最终聆听者无论是把焦点放在徐志摩、张幼仪、陆小曼还是林徽因身上，这首词都能成立。这首词最重要的灵感来自徐志摩的诗，我在歌词第一句写了“如果这个时候窗外有风”，把自己比成风，来投射思念，“我就有了飞的理由”。

如果这个时候窗外有云
我就有了思念借口
爱引动我飞行中的双翅
你回应　我靠近天堂
你沉默　我成了经过

翅膀的命运是迎风

我的爱　当你把爱转向的时候

我只身飞向孤寂的宇宙

眷恋的命运是寂寞

我的爱　当你人间游倦的时候

我会在天涯与你相逢

同歌词第一段一样，“如果这个时候窗外有云，我就有了思念借口”“翅膀的命运是迎风”“眷恋的命运是寂寞”，这些句子分别对应着主角们在爱情里的位置、状态和心情，我试着用一段段接近诗的组合来架构起整首歌词。

我们在创作的时候，最好站在远距离去关照整体，思考如何布局。《飞的理由》的词曲创作和演唱都是这样完成的。创作需要诚实，要投入情感才能更接近诚实。创作过程纵然感性，但也需要理性的状态来平衡。如此才可以客观思考如何层次均衡地照顾到全局，否则很容易掉入一厢情愿、自怜自哀的深渊。

说到理性与感性，不得不提《飞的理由》的演唱者林忆莲。她敬业而冷静，不以煽情为手段，擅长以柔克刚、以静制动。她的演绎看似不动声色却绵里藏针，非常厉害。这首歌是她独自在温哥华的录音室里录制的，她录了几个版本让我跟制作人 Jim Lee 选。《飞的理由》是我们合作的第一首作品，她在这首歌里的表现并不张扬，层次渐进，娓娓道来，最终扩大成一股撼动人心的力量。这首歌至今还是我的心头最爱之一。

在徐志摩的诗里，与《飞的理由》最接近的一首大概是《偶然》吧。“我是天空里的一片云，偶而投影在你的波心——你不必讶异，更无须欢喜——在转瞬间消灭了踪影。你我相逢在黑夜的海上，你有你的，我有我的，方向；你记得也好，最好你忘掉，在这交会时互放的光亮！”这首脍炙人口的诗，曾被许多音乐人谱成了曲，有众多演唱版本。最让我印象深刻的，是我读大学时听到的陈秋霞谱曲演唱的版本。大家也可以把众多版本的《偶然》跟《飞的理由》对照，希望借由这些对照阅读，能够激发出大家关于“挂念”这个主题的联想。不容易透过语言与人分享的内心想法，往往是最真实的。

创作番外

写《飞的理由》之前，我特意去找了张幼仪的口述传记《小脚与西服》来读。张幼仪是徐志摩的第一任妻子，在《人间四月天》里，由刘若英扮演。我特别喜欢刘若英在戏中的表现，这个角色并不讨好，她却能以同理心把角色演绎到一个深度。

我记得，林徽因这个角色是从众多试镜的女演员中挑选的，当周迅穿上定装服时，毫无疑问，她马上赢得了整个剧组的心。大家一开始比较担心陆小曼的饰演者伊能静，但随着拍摄的进行，她反而带给大家许多惊喜。

偶然
陈秋霞
飞的理由
林忆莲

爱情哲学

CHAPTER 4

一生只爱一个人
一个人也要好好过
为了你，什么都可以
失恋这件小事
再多的奇妙能力，都比不上你
何必要爱得轰轰烈烈
真的，再难也可以忘记

一生只爱一个人

那个时代人际关系亲近，

人与人之间拥有和睦与信任。

从前的日色变得慢
车　马　邮件都慢
一生只够爱一个人

从前的锁也好看
钥匙精美有样子
你锁了　人家就懂了

《从前慢》
作词　木心
作曲　刘胡轶
演唱　刘胡轶
发行时间　2015年8月7日
所属专辑　《随心》

《从前慢》这首小诗的作者是集诗人、散文家、艺术家身份于一身的木心先生。为这首诗谱曲的是年轻音乐人刘胡轶。

我读大学时第一次接触到木心先生的作品。我当时很喜欢读文学期刊《联合文学》，1984年，它的创刊号就是“木心专卷”，专题介绍其人其作。最初以为他是一位散文家、小说家，后来慢慢读了他更多的作品才知道他的新诗，尤其是他的一行式俳句写得特别好，与诗人隐地先生并列为自由句的先驱。

熟悉日本文化的朋友知道，俳句是一种日本古典短诗，经常用一些带有眷恋、怀旧感的题材，三行成诗，每行分别为五字、七字、五字，共由十七个日文字组成。后来，这样的句式也影响了许多国家的诗歌，20世纪80年代“汉俳”也出现了。《从前慢》这首小诗也可算作汉俳，每段三句，共四个段落。

《从前慢》除了歌词的来历与特色值得关注外，与歌词配合得浑然天成的曲子也值得留心。我特别欣赏曲作者刘胡轶，他写的旋律总有一种淡淡的怀旧、温润的婉转感。

木心的文字很有画面感，歌词很快就把听者带入一个清晰的画面和时光情境里。虽然《从前慢》这首歌的创作时间并不久远，却已经被许多歌手在各种节目里演绎过。我想，这大概是因为它有动人婉转的怀旧氛围，特别耐听。

每个人怀念旧时光的方式都不一样，每个人听完这首歌也都有自己的感触，而流行音乐本身就是开放的、可传递的、可以被不断重述的。

日本俳句，经常会用“春夏秋冬”开头，用季节来破题，点明场景发生的时间，即“季语”。《从前慢》这首诗不仅在结构上与俳句类似，在创作风格上也有相近的情境。四段诗的开头虽然没用“春夏秋冬”，时间感却非常清楚。刘胡轶把诗歌第一段、第二段当作第一遍的主歌、副歌；第三段、第四段变成第二遍的主歌、副歌。因为歌词的字数和每句的旋律都短，这首歌很容易被记忆和传唱。

记得早先少年时

大家诚诚恳恳

说一句　是一句

从前的日色变得慢

车　马　邮件都慢

一生只够爱一个人

《从前慢》充满怀旧感。两段主歌都从时间开始，一开始的“记得早先少年时”和第二遍主歌的“从前的日色变得慢”，有俳句的特质。第一遍主歌的第二句“大家诚诚恳恳”，第二遍主歌的第二句“车、马、邮件都慢”都是一种状态描述。而两段主歌的第三句都是结语，清晰地为每段三行描述的画面做一个总结，都带有一些主观感受。第一遍主歌的结语是“说一句是一句”，清晰说明那个时代人际关系亲近，人与人之间拥有和睦与信任。第二遍主歌“一生只够爱一个人”更是精彩，这是整首诗里特别打动我的一句，也是整首歌意识的高潮。

清早上火车站

长街黑暗无行人

卖豆浆的小店冒着热气

从前的锁也好看

钥匙精美有样子

你锁了 人家就懂了

进入副歌，强化了“慢”这个主题，诗文用接近散文的方式，把那个时代的画面细腻描绘出来。第一遍副歌“清早上火车站，长街黑暗无行人，卖豆浆的小店冒着热气”，是客观的情境描述。第二遍副歌从远到近地看，“从前的锁也好看，钥匙精美有样子，你锁了，人家就懂了”，看似非常清淡，却牵引听者进入创作的核心，去体会那个时代的“慢”——“慢”的状态、“慢”的精神，而这首歌的旋律节奏也非常舒缓。

从《从前慢》这首诗可以领会如何借一些大家很快能进入的熟悉画面，对照出作者想传递的精神主题。《从前慢》流露出木心先生温厚纯朴的内心世界与向往，时间感和状态成就了这首诗，它充满韵味，值得一读再读。

《从前慢》这首诗出自木心先生的诗集《云雀叫了一整天》，这本诗集里还有许多好句子，像“岁月不饶人，我亦未曾饶过岁月”“爱孩子，尤爱孩子气的成人，你再不来，我要下雪了，我们不会有呼天抢地的快乐”。陈丹青老师形容木心的创作说道理时却不见说教，文字里藏着许多细节，自然而亲近地渗透到读者心里。

温润和大气，都蕴藏在自然的姿态里，木心的诗歌和散文都有这样的魅力。如果你可以把《云雀叫了一整天》带在身边，随时翻阅，一定也会有这样的感受。

从前慢

刘胡轶

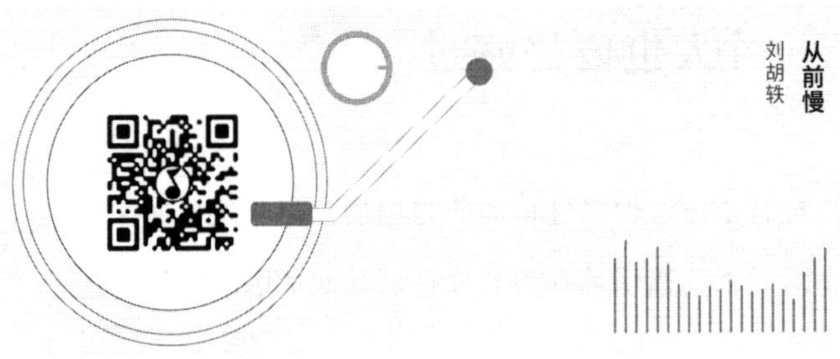

一个人也要好好过

拥有不再取悦男性审美的自信后，把长发扎起来。

对爱情的憧憬都随着长发往后扎起而收起来。

世界变了
跟我当初想的不一样
我也变了
不再朝他们要的发展

于是长发扎在童话的后方
唱歌只是为了感想
自己的路还长
不再等待天堂

《不再等待天堂》
作词 姚谦
作曲 曾淑勤
演唱 曾淑勤
发行时间 1992年2月1日
所属专辑 《不再等待天堂》

对喜欢听华语流行音乐的朋友们来说，曾淑勤这个名字可能有点陌生。但她有一首传唱度很高的歌，收录在她第二张专辑里——《鲁冰花》。

曾淑勤来自花莲，我在一家民歌餐厅的歌唱比赛中第一次听到她的歌声。在那场比赛中，我被她的原创歌曲《你有什么样的苦》深深感动。那是很寂寞的声音，二十一岁的年轻女孩，她的歌无关情爱，只诉说生命的孤独。而音乐往往能够清晰传递出创作者内心的信息，当时的我，真的通过一首歌感受到了一个不快乐的灵魂。

在那个年代，校园民歌盛行，许多学生都在创作自己的音乐作品，多数都关于青春的快乐与悲伤，但曾淑勤的歌却很不同。于是，我把她推荐给了当时供职的点将唱片公司。

《不再等待天堂》是曾淑勤的第四张专辑，邀请了美国独立音乐制作人 Kirkman Ridd 参与制作，我和他是在合作优客李林的专辑《认错》时相识的。他学的是电影专业，毕业后却投身音乐产业。他的音乐作品充满了美国西海岸城市谜样的风格，我非常欣赏。

Kirkman 听过曾淑勤的歌声后，与我有了共识。我们决定延续之前几张专辑定义的独立女性特质，让这张新专辑带些美国城市民谣的风格，兼混一点儿摇滚色彩。

当时我只身在台北工作，曾淑勤在台北求学，所以我与她以及另一位同事合租了公寓，当室友期间，我对她有了更多了解——以前只发现了那声音里的孤独，后来才发觉孤独源自性格。她不知如何对外沟通、与人相处，总在自己的房间或角落里，看书、写歌。于是我决定通过歌词鼓励她。而在制作《不再等待天堂》期间，我常听女性摇滚乐团的作品，尤其喜欢红心乐团（Heart）偏乡村风格的摇滚乐。主唱总是弹着电吉他，自信地表达着她的主张。我写《不再等待天堂》这张专辑的同名主打歌歌词时，有意无意受其影响，歌词就带着一点儿女性主义意识。

这是一首先有词后有曲的歌，歌词上，我刻意采用主歌加副歌的简单结构。两遍主歌的差异不大，第二遍做了微调，突显演唱者自信与自嘲的幽默。我期待这首歌让曾淑勤跟过往的自己做些切割。

跟从前说再见

我开始做个女人

长发证明我的温柔

微笑说明我的等待
可惜相遇的人
都是同一个包装
总在无话可说后散场
让我抱怨真心难访

(可惜相遇的人
都有类似的麻烦
总在彼此了解后散场
才发现我也很假装)

歌词开头，从前闷闷不乐的女学生，现在唱着“开始做个女人”，这是一种宣示。接着，歌词延伸出一种对爱情的感悟——即使遭遇挫折，经历和沉淀也可以转换成一种知性的力量。而在两遍主歌里，“可惜相遇的人都是同一个包装”“可惜相遇的人都有类似的麻烦”，这两句歌词不只是在表达女性面对爱情结束时的潇洒，还有类似旁观者立场的自觉。“总在无话可说后散场，让我抱怨真心难访”“总在彼此了解后散场，才发现我也很假装”，则是自我嘲解。

世界变了

跟我当初想的不一样

我也变了

不再朝他们要的发展

于是长发扎在童话的后方

唱歌只是为了感想

自己的路还长

不再等待天堂

进入副歌，旋律变得开朗，因为我写了豁达的歌词：“世界变了，跟我当初想的不一样。我也变了，不再朝他们要的发展。”前文铺垫过女性为了表现温柔，会留长发，并披散着，而这个“我”已经有了不再取悦男性审美的自信，于是把长发扎了起来。对爱情的憧憬都随着长发往后扎起而收起来。“长发扎在童话的后方”，其实是我针对曾淑勤的形象定制给她的一句歌词。她那时留长发，而且不喜欢扎起来，经常披着长发，低着头弹吉他。我想鼓励她，把内心与真实世界有距离的想象包裹起来，走出角落，开朗地去面对真实的世界。最重要的“唱歌只是为了感想，自己的路还长，不再等待天堂”，直接点明了这首歌的主题：不再迎合别人的期待，率性地追求自我。

听完《不再等待天堂》，我推荐红心乐团让人有点脸红的歌曲 All I Wanna Do Is Make Love to You（《我只想与你做爱》）。曾淑勤唱的是自信、带点幽默感的单身女子觉醒之歌，而红心乐团这首同类主题的歌曲在歌词创作上更为大胆。两首歌，大家不妨对照着听一听。

专辑制作番外

《不再等待天堂》这张专辑在美国加州 Kirkman 家后院的个人工作室完成录制。20 世纪 90 年代，个人录音工作室才刚刚兴起，这次专辑录制对我来说，是一次别具挑战的经验，对我在音乐制作和审美判断上启发颇深。

我们计划让整张专辑带有乐团 Live（现场）的色彩，于是编写完所有旋律后，找了当地乐手组乐团，录成了有“临场感”的曲子，最后才加上曾淑勤的演唱。这对当时在台湾只有几年分轨录音经验的我来讲，是很新的尝试。

和声录制时遇上难题，当时找不到会说中文的和声音乐人，我们便选择了几位嗓音条件好的黑人女性。她们演唱时必须配合着主旋律，同时看着和声乐谱与英文标注。因为不懂中文，她们只能一次次努力咬出趋近标准中文的发音，和声录制花费了大量时间，但也让《不再等待天堂》有了很不一样的风格。这些年，我偶尔重听这张专辑，还会想起当时的状态。

不再等待天堂

曾淑勤

All I Wanna Do Is Make Love to You

90s Rock

你有什么样的苦

曾淑勤

为了你，什么都可以

没有离别与感伤的怨气，却有更多甘于现实的温柔。

如果没有遇见你

我将会是在哪里

日子过得怎么样

人生是否要珍惜

任时光匆匆流去

我只在乎你

心甘情愿感染你的气息

人生几何能够得到知己

失去生命的力量也不可惜

《我只在乎你》
作词 慎芝
作曲 三木刚
演唱 邓丽君
发行时间 1987年1月2日
所属专辑 《我只在乎你》

邓丽君的《我只在乎你》是一首对许多听华语流行音乐的人，包括我在内，都很特别的歌，它影响了整个时代的记忆。谈这首歌有两个原因，一是“歌手定位”，二是“翻译歌曲”。

邓丽君出道很早，在我很小的时候，她就已经是台湾家喻户晓的歌手了。1968 年，通过台湾当时唯一一档歌唱节目《群星会》，她初次现身荧屏，一夜之间，全台湾都认识了这个甜美的声音。自出道起，邓丽君一直维持着甜美的少女风格，直到去日本歌坛发展。1984 年，她已经是个成熟的女人，仍旧单身。唱片公司为她重新定位，连续三年发行了《偿还》、《爱人》与《任时光在身旁流逝》三首日文单曲。她甜美温柔的声线和外表，在许多男人内心赢得了“红颜知己”的宝座。她的歌开始站在“情人”的角度，对着所爱的人倾诉情感。这时候的邓丽君从风格打扮、唱片封面形象，到曲风旋律，以及最重要的歌词，都已经有了成功的新定位，演唱事业因此达到巅峰。

中文版的《我只在乎你》是从日文歌《任时光在身旁流逝》翻译而来的。直到今天，我都认为《我只在乎你》是非常难得、很难超越的一首情歌。它没有离别与感伤的怨气，却有更多甘于现实的温柔。不管是红颜知己还是情人，已经三十多岁的女子，唱着那种心甘情愿且无所求的相随之情，那种没有压力的温柔，深深打动了我。在中日文歌词里都没有提到“爱”，却把爱表露得深刻细腻。

中文版歌词很值得关注，几乎是我听过的众多翻译歌曲里，译得最精准的歌词。过去在音乐界，我们创作时常常要考虑“定位”。虽然创作更多时候是抒发自己的情感，但是唱片音乐工业其实是集体创作，而在各种分工里，歌词创作经常扮演着“先行兵”的角色。

许多朋友可能不太熟悉《我只在乎你》的词作者慎芝女士，但在上一辈人的流行音乐记忆里，她是一个非常重要的角色。蔡琴的《最后一夜》，以及我特别喜欢的《玫瑰人生》都是她作词的歌曲。如果说陶晓清是 20 世纪 90 年代初台湾华语音乐校园民歌的领头羊，那么慎芝就是她前一辈的台湾流行音乐教母。她是 60 年代台湾电台制作第一人，和她先生一起制作并亲自主持了电视歌唱节目《群星会》。那一代的台湾歌手几乎都从这档节目出道，当时慎芝与所有的歌手都有着师徒之情，当然也包括邓丽君。

一首歌要翻译精准，难度是相当高的。《我只在乎你》算是慎芝晚年最重要的作品。慎芝精通日语，同时这首词正好照应着她的人生。她与丈夫是事业上的伙伴，一辈子的情感伴侣，但是丈夫过世较早，而这首歌正是写在她丈夫离去几年后的，自然传达出了她对丈夫的追念，以及夫妻之间深刻的情感。

日文原词站在女子的角度，假设“你”没有出现，“我”将会是什么样子。她完全无法想象，如果没有遇到“你”，自己是否会过着值得珍惜的人生。种种假设都呼应着此刻的“因为遇到你”。从“有”到“无”的反向对照，透过“无”的感受来告诉对方，因为有你，所以我现在如何幸福快乐。歌词在第二段假设“未来如果没有你”，用宿命般的语言诉说着，如果未来必然失去“你”，“我”将回到茫茫人海。这是一种失落，也是一种乞求，乞求别让她遗落人海。

慎芝的中文翻译，刻意写得更清淡直白，几乎不着痕迹，像情人在耳边喃喃自语，没有太多煽动性的字眼和情绪。这是她在歌词创作事业里重要的转折。在《最后一夜》，或更早的作品里，她都还留着早些年歌词书写的痕迹；而在《我只在乎你》的歌词里，却没看到任何为了屈就平仄、韵脚的拗口设计。整首歌词就像平时说的话，不肉麻，也不过度煽情。

任时光匆匆流去

我只在乎你

心甘情愿感染你的气息

人生几何能够得到知己

失去生命的力量也不可惜

进入副歌时，随着旋律起伏，翻译有了一些调整。邓丽君在日本期间，成功塑造了“红颜知己”的熟女形象，这个隐约有些暧昧的形象在中文歌词里被完全转换成了一个更近似于妻子的角色。这首歌最让我佩服不已的，就是“心甘情愿感染你的气息”。这句描述太厉害了。人与人，特别是配偶或情人，相处久了会有夫妻相，慎芝的描述既精确又充满诗意。在日文歌词里，这一句是“染上你的颜色”——我愿意我的生命染上你的颜色，而中文对照的是“感染你的气息”。“颜色”更多是指代“依赖和爱”，而“气息”更接近于“配偶”的感觉，这是略有差异的。在日语和华语市场，歌词依循邓丽君定位的差异而有所调整。

同样，日文版副歌里“在你的怀里继续美丽”这一句在中文版中就没有出现，此处，中文版依旧重复着“心甘情愿感染你的气息”。所以对于日本歌坛来说，邓丽君是男人幻想的情人或红粉知己，而在华语歌坛，她更像是温柔的妻子。当然，《我只在乎你》也反映着慎芝年轻时与丈夫之间的情感吧！我每回听到邓丽君演唱这首歌，听到“所以我求求你，别让我离开你”时，就想起慎芝在儿子与丈夫连续两年相继过世之后，开始独自生活，而这句歌词，完全抒发了一个独居女人对于过往家庭、爱情的眷恋，其实是特别让人感伤的。

流行音乐有各种面貌，我个人在歌词创作上，更倾向使用接近生活的语言。慎芝在当时已经能够使用如此接近这个时代的语言，掌握这样的白话语法，实在令我佩服。直到今天，听起这首歌，依然觉得它平和而贴近生活。

我只在乎你

邓丽君

任时光在身旁流逝

邓丽君

偿还

邓丽君

爱人

邓丽君

最后一夜

蔡琴

失恋这件小事

这场失恋对女孩来说只带来了一点儿伤害。

有人说爱是种烈酒

会让人失去了左右

我却对爱有种不同感受

我深深地觉得

它像手中 Cappuccino

爱情像 Cappuccino

浓浓的眷恋泡沫

诱人的气息

多爱不释手

爱是 Cappuccino

苦苦的美丽滋味

藏在我心头久久

《Cappuccino》

作词　姚谦

作曲　Jae Chong

演唱　萧亚轩

发行时间　1999 年 11 月 17 日

所属专辑　《Elva 萧亚轩》

卡布奇诺（Cappuccino）是一种在咖啡上覆盖奶泡，在奶泡上撒上香料的饮品。大约在1990年，第一次到美国录音时我才晓得咖啡还有这种做法。

咖啡带有苦味，奶泡自身有绵密的香气，两者融合在一起变成浅咖色，这种特质让年轻的我感到一种异国情调与冲突的融合之美。这很像萧亚轩留给我的最初印象，她的外表青春甜美，是非常吸引人的年轻女孩，而她同时有着强烈的性格，一如咖啡，被包裹在柔软乳白色的外表之下。因此，筹备她的首张同名专辑时，我就想以“Cappuccino”做歌名和主题，为她写一首歌。

《Cappuccino》是先有曲后有词的。萧亚轩擅长跳Hiphop（嘻哈舞），所以我找了在美国洛杉矶长大的韩国音乐人Jae Chong为她写曲。如何把“Cappuccino”这个主题放进曲作者谱写的轻松旋律里，我想了许久。

自从他走了以后
在我的心中
留着不大不小伤口
在这个入秋街头

所有感受

我还沉溺在回忆漩涡

我设定故事发生在入秋时节，天气转凉，一个结束了一段感情的年轻女子，双手捧着 Cappuccino 取暖。她喝着咖啡，想着过去的爱情，但这场失恋对女孩来说只带来了一点儿伤害。当时，我希望年轻的萧亚轩给人的印象是潇洒、阳光，不会太过自怜，所以故意用了一句俏皮的“不大不小”来形容爱情带给她的“伤口”。

有人说爱是种烈酒

会让人失去了左右

我却对爱有种不同感受

我深深地觉得

它像手中 Cappuccino

女孩在回忆里无法挣脱。很多歌曲习惯用酒来渲染大多数人失去爱情时的痛苦，我也刻意先用酒来形容爱：“有人说爱是种烈酒，会让人失去左右。”但是，要突显萧亚轩的与众不同，面对情伤依旧保有自己的性格，所以我在下一句转折：“我却对爱有种不同感受。”她有自己的观点，觉得爱情像手中的 Cappuccino。

爱情像 Cappuccino
浓浓的眷恋泡沫
诱人的气息
多爱不释手
爱是 Cappuccino
苦苦的美丽滋味
藏在我心头久久

副歌这一段，先是描述了 Cappuccino 的形态和味道，用它与爱情对照。用泡沫的绵密比喻恋爱的愉快让人眷恋，然后，从大家都有过的恋爱感受，提炼出一个定义：爱同咖啡一样，过程虽有苦苦的滋味，但它仍然美丽。

我也以为我能够　在心碎的时候　转身大步大步就走
在这个微寒气候　坐在咖啡馆中　温柔只能心中虚构

进入第二遍主歌。这里的“温柔”指代爱情，“虚构”则暗示爱情已经失去了。不过，如同第一遍主歌所描述的，女主角在回忆，却不过分悲伤。重复副歌歌词之后，我试着为这首歌写下苦而不悲的结论：“有些事已不想说，有些愁无法形容，只有尝过的人才懂”“如果你深深爱过，付出过温柔，爱一个人上瘾了以后，思念浓”。这几句歌词，填在了旋律起伏较平缓的结尾，抒情但不哀凄。失恋难免让人忧愁，但故事的女主角已不会再说那些事。整体回顾一遍歌词，会很清晰地发现，它既宣告了对爱情的怀念，也表达了将爱情告一段落的决心。

萧亚轩对这首歌的演绎，让我十分惊喜。Hiphop 的曲子重点向来不在起伏的旋律，而在于整体结构的设计，这首歌旋律虽清淡，却有一个较为复杂的结构。Jae Chong 用了 ABCD 四段不同的结构来铺陈节奏，让这首歌带有一种轻快和主流的娱乐气息，这样的设计也和萧亚轩的个人形象极为相符。

结合歌手的形象和定位，为其量身打造歌曲，是流行音乐制作过程中经常要面对的事。萧亚轩首张同名专辑里，《最熟悉的陌生人》和《Cappuccino》的确让初入歌坛的她被大家记住了。

最熟悉的陌生人
萧亚轩
Cappuccino
萧亚轩

再多的奇妙能力，都比不上你

把各种奇妙能力再确定，接着改口：我想要更好更圆的月亮，我想要未知的疯狂，我想要声色的张扬，我想要你。

我拒绝更好更圆的月亮

拒绝未知的疯狂

拒绝声色的张扬

不拒绝你

我想要更好更圆的月亮

想要未知的疯狂

想要声色的张扬

我想要你

《奇妙能力歌》

作词　陈粒

作曲　陈粒

演唱　陈粒

发行时间　2015 年 2 月 2 日

所属专辑　《如也》

2015 年下半年，我最常听的一首歌是陈粒的《奇妙能力歌》。

特别喜欢陈粒有几个原因，除了创作能力和表达能力，她的某种精神力量是我尤为欣赏的，也许让我想起了年轻时的自己。刚刚开始创作歌词时，我总在想：为什么歌曲里那些词句，跟我们日常使用的语言差别那么大呢？于是，试着把生活中正在使用的语言写进歌词，是我开始写歌词时最大的动力。

此刻的陈粒和她的创作正在反映着这个属于她的时代。在她的创作里，有着对前辈音乐作品吸收养分后的致敬，而在建立自己的歌词系统时，她用着这个时代的观点，甚至创造出了属于网络兴起时代的意象和符号式的语句。

《奇妙能力歌》是一首简单的歌，由主歌和副歌组成，然而在陈述“奇妙能力”时，陈粒把曲式结构分成十一段：两遍主歌、两遍副歌，接着是两遍主歌、四遍副歌，最后用一遍主歌作为结论。每一段的和弦都非常一致，结构都是四句，每三句后下一个结论，歌词用了排比的修辞方式。

我看过沙漠下暴雨

看过大海亲吻鲨鱼

看过黄昏追逐黎明

没看过你

我知道美丽会老去

生命之外还有生命

我知道风里有诗句

不知道你

我听过荒芜变成热闹

听过尘埃掩埋城堡

听过天空拒绝飞鸟

没听过你

……

这是有趣的情歌表达，向对方倾诉，表明对方让自己开始有了一些迟疑。用“奇妙能力”来表达，自己原本是有各种能力的，但唯一不能破解的是“你”，而“你”是叙述者最想要的。歌词更多是在剖析自己，每段都有一个与自己相关的关键词："看过""知道""听过""明白""拒绝""变成""听过""抓住""包容""忘记"，第十一段明确地下了结论——"想要"。而每段第四句中的关键词，也算是每一小段歌词里的结语。

陈粒的词有一个特别厉害的地方，常带有一点点男性英雄气概的字眼。她用文艺的词汇表达气概，在情歌里也没漏掉。《奇妙能力歌》里，这样的词句就出现了几次，例如"我忘了置身濒绝孤岛""雨水浇绿孤山岭""被诅咒的秘密"等。这些都是网络兴起、二次元文化盛行之际，在卡通、动漫等美术思维下形成的既符合这个时代的审美，又带一些古意和诗意的字句。

如果有了创作的主题和确定的使用方法，书写起来就容易了。比如这首歌用排比的方式，每三句加一个结论，最终所有结论要导向"你"，就是"我"在倾诉的对象。当然，多段式创作一定要有一些层次变化，而让关键词只出现在每段的第一句和第三句就能呈现层次。

在多段落，每段形式相对固定的歌词中，关键词很重要。《奇妙能力歌》就有很清晰的段落结构，然而个别句子，个别动词或名词，却有着又朦胧又具象的对照，我们可以顺着歌词去捕捉。歌词创作和摄影一样，虚实同在。现在的手机不是都在宣传双镜头吗？歌词创作就有点类似这个概念。你需要把想要表达的情境做出层次来，也就是要思考句与句之间的关系、段与段之间的关系如何铺陈，如何设定全篇起承转合的情绪关系。

所谓“起承转合的情绪关系”是我在《奇妙能力歌》里发现的，它从描述情景过渡到描述情感——创作者主观的情感，接着在每段后半部分的歌词中带一点儿行动描述，之后又拉回到第三人称远观自己、阅读自己的状态，最后导出结论。把前面十段歌词里曾以为确定的事情再确定，接着改口：我想要更好更圆的月亮，我想要未知的疯狂，我想要声色的张扬，我想要你。这是一个很好的转折。

写诗的朋友都知道，小诗、短诗不容易写。我曾经读过一篇关于诗的评论，欧洲有一种极短诗，李尚文先生将之译作“诗铭”。在文章里面他提到这种小诗的形式有三种要素：“一刺，二蜜，三是小身躯。”“刺”是犀利的讽刺、“蜜”是善意的箴规、“小身躯”是短小精悍的结构形式。而陈粒的《奇妙能力歌》，每段四句都带有这些特质。

这种创作手法中外都有，外文歌里我首先想到的是迈克尔·杰克逊（Michael Jackson）的环保歌曲《Earth Song》(《地球之歌》)。简单的旋律，三句一个结论地铺陈，也是在七八段之后，有一段无歌词的副歌来分隔这些类似短诗的句段。还有一首十多年前我特别喜欢的黄莺莺的《是否真爱我》，它借由四季，借由四周的环境来比喻两人的情感关系，是一首很精彩的作品，由邬裕康先生作词。无论是《Earth Song》、《是否真爱我》，还是《奇妙能力歌》，结构上都用了排比的修辞，都用短诗和分段，来架构一首歌。此外，它们还有一个相似点——都在讨论关系。

关系是很抽象的名词，很抽象的概念，但是它常常会为我们的创作带来更深刻的思考。比如，我们可以在创作时先抓住需要讨论的关系，然后顺着这段关系来寻找、分解其中的元素、动机、细节等。关系，的确是可以反复思考咀嚼、重复使用的创作概念。

Earth Song
Michael Jackson
奇妙能力歌
陈粒

何必要爱得轰轰烈烈

相爱并不代表两人必须时时黏在一起，

适度的距离反而有助于持久地相爱。

看似一无所有的黑夜里孤独满溢
也许已相爱的两个人之间需要距离
人从出生那天各自独立
然后用声音眼神相联系
所谓爱只是互相存在的定义

陪伴者一向都是安静的
在对方知道的某个那里
由你驰骋你该飞翔和探索的领域
陪伴者一向都是轻盈的
所以不会留下任何脚印
就如同我不需知道多爱你

《陪伴者》
作词 姚谦
作曲 陈韦伶
演唱 刘若英
发行时间 2015 年 9 月 22 日
所属专辑 《我要你好好的》

刘若英2015年的专辑《我要你好好的》中，有一首《陪伴者》，这是我们相隔十多年再度合作的单曲。2005年，我不再做唱片公司的管理，刘若英与维京合约到期后选择回到老东家，此后我们一直维持着非常深厚的友谊。身为朋友，看到她始终坚持着相当高的工作品质，舞台剧、演唱会、新专辑都有持续的成果，很为她高兴。最重要的是，她终于恋爱，而且顺利结婚，也成了母亲！好久不见，当她开口要我再写一首歌时，我立刻答应了。

非常好的陪伴者，是之前的相处中刘若英给我的印象。因为唱片工作，我们相互陪伴了三年，有许多愉快的回忆。她是一个乐意沟通的人，虽然偶尔有些脾气，但都是些回忆起来蛮可爱的小脾气。她经常谈起家里那位优雅的奶奶，对许多事情好与不好的判断，她都很在意奶奶的看法，几次发脾气都是因为“奶奶不喜欢了”，祖孙俩特别好玩。

每个人的生命中都有自己的陪伴者，有长久的相伴，也有短暂的陪伴。有时我们也会想要与人分享陪伴的心情。当时，刘若英找我写歌，我选定“陪伴”这个主题，不单单是回应刘若英的个人故事，我也在思考，如果我是别人的陪伴者，应该怀抱什么心情？尤其是在中年之后，没有太多的事业压力和利害比较后，又会有怎样的心情？

这是一段结构简单、只有主歌和副歌的旋律，每一遍循环都是两段主歌加上副歌。此时此刻，身为一个中年人，“陪伴者”不再只是寂寞时的同伴，应该有更深层的意义。于是我决定，这首歌词要以这样的年纪重新思考：人需不需要伴侣？在什么时候最需要陪伴？

看似一无所有的黑夜里孤独满溢

也许已相爱的两个人之间需要距离

人从出生那天各自独立

然后用声音眼神相联系

所谓爱只是互相存在的定义

我把寂寞与孤独当作实体，用反向的描述推论陪伴的具体意义。所以我在主歌一开始写道：“看似一无所有的黑夜里孤独满溢。”我们经常会用“空虚”描述寂寞和孤独，但这里我却用“看似一无所有”对照“满溢”的孤独；通常被用来形容幸福、快乐或自信程度的“满溢”，在这里就跳脱了惯性用法。而“也许已相爱的两个人之间需要距离”，是我想试着说服大家的一个观点，相爱并不代表两人必须时时黏在一起，适度的距离反而有助于持久地相爱，这也是我想再定义的“陪伴”。接着，我抛出了另一个线索，“人从出生那天各自独立，然后用声音眼神相联系”，正因为人与人之间总有距离，所以需要陪伴，而声音和眼神的联系可以形成一种陪伴。

我用爱来概括陪伴，而完整的爱在我看来，必定要包含孤独与各自独立，“所谓爱只是互相存在的定义”是主歌第一段最后的结论。在这首歌词的定义里，“陪伴”的核心是“爱”，是亲人、朋友或情人之间的爱。

所以我决定以这个方式继续爱你

就像一座岛屿旁边的岛屿互望不离

没有画蛇添足的承诺讯息

我们有属于我们的言语

所以黑夜才能证明孤独的丰盈

到了主歌第二段，我想说的话由演唱者刘若英用主观视角表达。

“所以我决定以这个方式继续爱你”，我想说的“这个方式”的爱是有距离的，是各自独立、互相尊重的陪伴，是允许孤独的爱。而“就像一座岛屿旁边的岛屿互望不离”这句歌词我想了很久，我之前就想以岛屿为主题来创作，因为岛屿是独立且有生命具象意义的存在。两座岛屿隔着海峡对望，长久地在地球上相互陪伴，画面很具象。搭飞机时我也常看到这样的景象，总觉得岛屿式的陪伴，是一幅美满的画面。后来终于在《陪伴者》的歌词里将一直想写的主题落实了。

我常常会检查自己的歌词有没有落入俗套，是否太过表象或充斥着各种惯用的词汇，尤其是“承诺”“正能量”这类鸡汤式的字眼，我会尽可能拿掉不用；写这首歌时，我也这么检查过。“没有画蛇添足的承诺讯息，我们有属于我们的言语”，是想说两个人之间的陪伴不需要太多承诺，不需要浮于表象的字眼，人和人之间的陪伴感更多来自彼此眼神与声音的接触，那是情绪传递的电波，只有彼此能感受得到，是两人独有的言语，是双方共同拥有的爱。

第二段主歌的最后一句，呼应整首词破题的第一句。虽然主歌第二段已经回到了第一人称表述，却在最后一句又回到了旁观者的位置，是刻意让自己用主观者与旁观者的语气相互对照，希望把态度表达得更肯定。“所以黑夜才能证明孤独的丰盈”，这也是我喜欢的句子。回到黑夜孤独满溢之后，以此证明我很确定孤独是丰盈的，不是空虚的，且本应如此。

陪伴者一向都是安静的

在对方知道的某个那里

由你驰骋你该飞翔和探索的领域

陪伴者一向都是轻盈的

所以不会留下任何脚印

就如同我不需知道多爱你

接着进入副歌，这部分旋律朗朗上口，特别容易吟唱。副歌歌词道出了我想象中“陪伴者”的理想姿态。“陪伴者一向都是安静的，在对方知道的某个那里”，陪伴者没有通过承诺让对方感受，而是用存在于对方身体或心里的某部分，一直安静地陪伴着。不设定任何期待，也没有任何指使，要往哪里飞翔，要往哪里探索，都由“你”决定，“我”

只安静地在“你”的“某个那里”。“某个那里”看似抽象却很确定，“某个”是两人语言体系里的默契，是不需要跟其他人解释的某个地方。

“陪伴者一向都是轻盈的，所以不会留下任何脚印。”中年之后，对此我特别有感触。为什么爱都是沉重的？为什么爱非得轰轰烈烈？为什么一定要让对方感受到才是真爱呢？在《陪伴者》中我试着重新思考这些疑问。

“就如同我不需知道多爱你”，从当时写这首歌一直到今天，我都坚定地相信，陪伴最大的原因是爱，而爱不应该有所求，甚至不应该刻意在对方的生活与生命里留下痕迹，陪伴最大的收获来自自己，而非对方的给予。

创作这首词，是希望能透过自己人生的阅历，给大家都熟悉的“陪伴”一种新的解释。如果能说服别人，这个创作就有它的价值；如果没有说服，那这也是我生命中一次思考过程的记录。

创作番外

以“爱”和“陪伴”为主题的作品中，我想推荐一部我特别喜欢的电影《朗读者》。

这部影片的配乐最吸引我，大量钢琴乐配合着男主角为女主角朗读的画面，当钢琴声响起，文学作品里的字字句句就隐藏在音乐里。无论是在男主角少年时为女主角朗读的恬静画面、再相遇时的辩论纠结，还是老年重逢时的惆怅，两人在现实和精神层面的陪伴，都是这部电影迷人的地方。

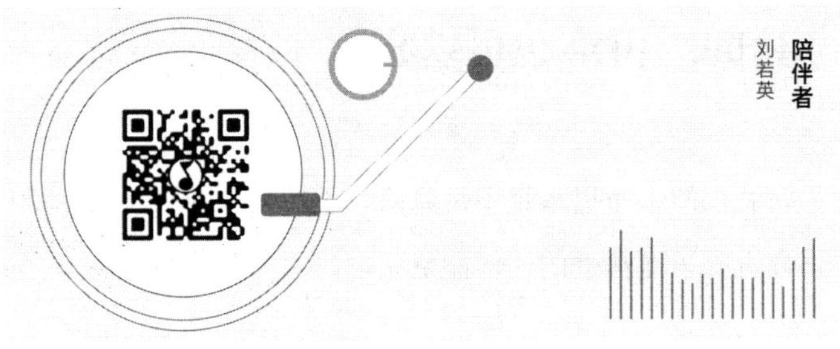
陪伴者
刘若英

真的，再难也可以忘记

在我们的生命里头是不是真的有不能承受的轻？

我觉得不能承受的，可能是人。

我在失恋以后掉了一两公斤

你爱我　我爱你　再重不过如此

一只燕子能运几颗宝石　再见王子

趁着整个城市　都喜欢轻

我跟所有女生　学会抛弃

连喝一杯可乐　也要喝轻

就想下个男生　不带行李

从来没有不能承受的轻

一个人做天使　总好过两个叹息

原来只有难忍受的你

明明要爱情　到最后就要看轻

《轻？》
作词　周耀辉
作曲　Paul Wiltshire
　　　Sophie Monk
演唱　刘若英
发行时间　2004年10月1日
所属专辑　《听说？》

先谈谈《轻?》的作词人周耀辉。我跟他认识接近二十年，一开始就是被他的文字吸引。周耀辉的歌词充满百变的魅力，慢慢熟悉之后，我发觉他的百变有一定的逻辑可循，背后有他的精密计划。另外，周耀辉的歌词风格可能也受到了他所学专业的影响，读书的时候，他主修英语文学与比较文学，所以“比较”是他特别擅长的。在中西文化之间比较也是他作品独特的风格。

他的歌词里经常有一些形容，介于东方与西方之间，取得一种冲突，又产生一些微妙的比喻与对照。另外值得一提的是，用国语读他的粤语歌词会有一些奇妙感，有一种虽非自己的“母语”但又很熟悉的陌生感。一开始邀周耀辉写歌词的时候，他常说自己比较擅长写粤语歌词，但我总说，我就是要你这种写法。在网上有许多喜欢周耀辉文字的朋友，他的粤语歌词被讨论得最多，大家觉得他是用粤语写词的第一人。这可能与他长期合作的乐队和歌手有关，他们的歌曲都偏向独立音乐，不趋近流行，有极强的主观性和原创能力。

周耀辉的国语歌词里，也有非常多的精彩之作。他的国语歌词常常会构成很奇妙的和谐与冲突，常有精彩的比照感。所谓比照感，是指他经常拿极大与极小对比，来延伸出一些他对作品主题的认识、联想。比如，他曾为刘若英写过一首《我的失败与伟大》，是恋爱进行到一个程度之后的自我检讨，用第一人称讨论自己在爱情里的伟大与失败，就是极大与极小的对比；而在他为莫文蔚写的《开水与白面包》中，在检验对爱情的探索时用了很恰当的比喻：主角遇到一个不错的情人，像开水像白面包，似乎是必需，又似乎随时可以抛弃。

刘若英演唱、周耀辉作词的《轻？》，在我看来，是他的功力集大成之作。在这首歌词里，他用到了西方童话故事的元素，也用了当下人们流行讨论的事件做比较。他用女性第一人称，用自己心中对于爱情的悲观想法，跟现代人对爱情看似轻松、某种程度觉得爱情可有可无的态度做比较。

“轻”是一个重量概念，也可以用于表述观念，例如“重视”与“轻视”。而这首《轻？》讨论的却是爱情。其中提到了童话故事《快乐王子》，提到了现在社会流行的、网络平台上大家经常讨论的话题，至于爱情，某种程度上因为在意反而在语言上轻松地表达对待。歌词中，“燕子”和“蒲公英”都是常见的、很快能让人联想到“轻”的事物，由蒲公英的种子飞舞、燕子的轻巧，延伸到燕子衔着宝石的画面，后者来自经典童话故事《快乐王子》。周耀辉甚至提到了可乐流行的“轻口味”。整首歌词对照着一本大家很熟悉的小说《不能承受的生命之轻》。

在《轻?》的歌词结构里，我们可以看到周耀辉用了他擅长的大与小的对比。他也用了一种特别有趣的方法，我称之为“万花筒”式创作：先把各种可能与“轻”相关的事物列出来。周耀辉借由“轻”延伸，在植物里找到了蒲公英，因为它的种子会随风飞扬，如棉絮般；又在动物里挑选了燕子，从燕子联想到了《快乐王子》。这是一首拥有万花筒般的缤纷感和协调感的歌词，呈现出一种特别的美感。当然，这样的歌词必须在旋律中贴合才行，《轻?》的曲子是一首轻舞曲，是当时刻意挑选的，希望刘若英在快板音乐上有所表现。而轻舞曲不需要沉重的口号或是类似广告的slogan(标语)，不必说重，一切都轻轻地进行，却可以充满个人主观的意见，充满看似零星的片段诗句。

我非常喜欢这首歌，因为它异于常规叙述性的歌词。绝大部分流行音乐的歌词都是叙述性的，而这首《轻?》以琐碎片段构成画面，进而形成故事。然而整个书写结构里，却不见任何带有逻辑叙述的衔接词，这是周耀辉作词的厉害之处。

不能够跳舞　就唱歌
不唱歌怎会跳舞
再难也可以忘记
不能够一起　就分开
不分开怎会一起
再深也不过如此
趁着整个城市　都喜欢轻
我跟所有女生　学会抛弃
一只蜻蜓　能背几多回忆
一只燕子　能运几颗宝石
再见王子

歌词里面有大量的对照、比较，例如“一个人做天使，总好过两个叹息”，这是很巧妙的对比；“一只蜻蜓能背几多回忆，一只燕子能运几颗宝石”也是一个对比；“不能够跳舞就唱歌，不唱歌怎会跳舞”同样是对比。在这首歌词中，还有许多类似的创作手法，都是把两个看似没有关系的画面放在一起，形成缤纷的万花筒。无论是挑这样的舞曲给刘若英，还是周耀辉将这样的词放在舞曲里，在当时都是一次实验性的尝试，如今看来还是觉得有趣。

我的失败与伟大
刘若英
轻？
刘若英

寂寞恋人

CHAPTER 5

情路难走一点，有什么关系
爱一遍让人老了几十年
有多少初恋能够修成正果
当一个男人不再爱一个女人
不知道的事不会伤害你
如花美眷抵不过似水流年

情路难走一点，有什么关系

在无数问句下面，是年轻女子面对一个沟通上不那么顺畅的恋人时的状态。

这是一个开始呢　还是结束
我怀疑地问
你喝咖啡加多少汤匙的糖
你先穿左脚　还是右脚的鞋
你喜欢那件格子绒的衬衫吗
你记不记得谁送给你的
你早上散步吗
你用什么方法来叫醒自己
你做梦吗　你有想我吗

《她想》
作词　李格弟
作曲　王新莲
演唱　张艾嘉
发行时间　1986年11月1日
所属专辑　《你爱我吗》

“这是一个开始呢，还是结束？”

“你害怕吗？你爱我吗？”

《她想》是一首厉害的歌，歌词让它非常有力量，尤其是开始和结束的这两句。歌词创作者是李格弟，早期人们认识她是因为她的诗，她的另一个身份是诗人夏宇。

1984年，她的第一本诗集《备忘录》甫出版就绝版了，一些台湾文艺青年手边留存的都是影印本。那一年，她也开始发表歌词（《告别》）。

她首先是一位诗人，因诗作受到音乐人喜欢，开始受邀写词。《她想》这首歌是先有词后有曲的创作。写诗的人写词，总会给写曲人造成一些困扰吧。《她想》每句歌词的长短和断句都不合歌词规则，这是结构规范的歌曲要面对的难题。李格弟是在用写诗的方法写歌词，幸好遇到王新莲——《她想》的曲作者，一位喜欢诗的音乐人，也正好遇到了善于用声音说故事、表达情感的歌手张艾嘉。

《你爱我吗》整张专辑以张艾嘉的角色定调，讲述了一个年轻都市女子对于生活的感想。其中这首《她想》，聚焦年轻女子面对一个沟通上不那么顺畅的恋人时的状态。针对这个切入点，歌词由无数的问句组成。

“这是一个开始呢，还是结束？”歌词起头就明确定位了演唱者要表达的情绪，隐含一些宣誓和强迫的压力，暗示她倾诉的对象该做出自白，而最后一句歌词“你爱我吗”是恋爱中的人都问过千百回的话。但李格弟在这句之前多加了一句“你害怕吗”，这种微调让平凡庸俗的问句增加了更明确的意义，也把话语的质问力度拉升到另一个层次。这是诗人高明的地方，她在创作歌词时，在那些看似平常的字眼里藏着一些厉害的针，总是刺着对方，也刺激着聆听者。

对我而言，李格弟这首词还有些时代意义。1986 年，我从事流行音乐工作满一年——那也是台湾流行音乐准备大鸣大放的时期。自校园民歌兴起，越来越多的知识分子选择投入音乐行业，流行音乐面貌渐趋多元。那时有松田圣子、中森明菜等，是日本偶像刚刚兴起的年代；而台湾受日本影响颇大，歌林唱片的偶像歌手林慧萍，出道时参考中森明菜的造型，翻唱松田圣子的歌曲，一炮而红。当然也有校园歌手张清芳，能唱、年轻、貌美，成为当年偶像歌手的印象标记。一些新兴唱片公司，像飞碟、滚石也已大张旗鼓，开始了属于它们的时代。

滚石在 1986 年推出了潘越云的《旧爱新欢》，这是一张我非常喜欢的专辑，由李宗盛制作，在旧金山录制。飞碟则发行了华语乐坛资深歌手黄莺莺的专辑 *Paradise in My Heart*（《天堂在我心》），里面收录了受西方影响的陈志远老师用纯电子音乐编曲的许多首作品。这张让人耳目一新的专辑，极大地刺激了当时的台湾流行乐坛。乐坛新人里有我的好朋友黄韵玲，一个当时不到二十岁的年轻女孩，她一手包揽了作曲、编曲、填词、演奏、和声，推出专辑《忧伤男孩》。还有重要的华语音乐专辑——李寿全的《8 又二分之一》也是这一年发行的。

而这时候，张艾嘉推出了《你爱我吗》这张专辑。她的专辑《最爱》和《忙与盲》大获好评，《你爱我吗》正好处在两座高峰之间，在那个各种规则正在被打破的年代，这张专辑大量采用了李格弟的词，《她想》是当中我最喜欢的一首。歌词用了许多长短不一、接近口语的问句铺陈，形成一个有力的结构，表达都市女子对一个隐藏自我的恋人提出质疑，甚至抗议的心声，呈现了属于那个时代的生活气息。

流行音乐的语言之所以特别，因为它总是与时代紧紧相贴。《她想》歌词的写法在当时很新颖，也让我受到启发。那些年，我总想着如何把生活语言放进歌词，常常自我提问、反复练习如何让剥离旋律之后的歌词接近日常的语言。

这首歌的曲调旋律是简单的主旋律加副旋律，没有太多的起伏，用一些简单的吉他和弦完成音乐结构，然后把词妥当放入。我们从事歌词创作，也常要去对照思考，如果先有词，如何能让作曲者更轻易地抓住整个文字结构，再放入曲律结构？熟听别人的歌是一个办法，创作者都有自己的习惯和擅长的部分。

从词、曲、编制到演唱，流行音乐是众人合作的成果。作词、作曲是最初的基础工作，相当重要，作者能否互相理解是关键。《她想》的作曲者王新莲对李格弟的词有相当程度上的掌握与理解，谱曲时把长长短短的句子重新组合，在副歌旋律较为起伏的时候摆上情绪重一点的歌词。副歌用比较短的文字铺陈：“你是不是准备这样过完大半生？我怀疑地想。你永远在等待吗？你总是迟了一步吗？”最狠的一句：“你可能把同情当作爱吗？”大部分接近生活用语的问句，就放在这四段主旋律里面。

回忆不禁把我拉回到那段时期，从事流行音乐工作刚满一年，刚开始写歌词并受到新诗的启发。许多歌词读来会让我们隐约感觉到律动，诗人所写的词，那种律动特别有美感，甚至符合情绪的起伏。

好的歌词要让读者、演唱者和聆听者感受到符合自己心境的波动，以及思考起伏的律动。好的作品应该有这样的能量。

8又二分之一
李寿全
Paradise in My Heart
黄莺莺

爱一遍让人老了几十年

一个人一辈子的时光，从青春到老去，都陷在无止境的相思中。

好像漫长的梦

越在时光海洋

咫尺天涯相思长

人各在一方

秋千随风摆荡

话还在我耳旁

一朝醒来发苍苍

心事却依然

许我向你看

每夜梦里我总是向你看

在这滚滚红尘心再乱

一转头想你就人间天堂

《暗恋》
作词 姚谦
作曲 李伟菘
演唱 袁泉
发行时间 2007年3月16日
所属专辑 《孤独的花朵》

《暗恋》是袁泉演唱，我作词，李伟菘谱曲的一首歌，是舞台剧《暗恋桃花源》二十周年全球巡演的推广主题曲，后来也收录在袁泉2007年的首张个人专辑《孤独的花朵》里。

除了电影版《暗恋桃花源》，我还在台湾看过两个不同版本的舞台剧，十分熟悉这个故事。《暗恋桃花源》讲的是悲剧《暗恋》与喜剧《桃花源》两出剧，因为排错档期，所以只好同在一个舞台上排练，两边的演员互相干扰，但彼此却能接上对方的台词，因而产生了戏剧性的言外之意，构成了一出人生悲喜剧。其中，《暗恋》部分关于东北青年江滨柳与云南女子云之凡。他们在上海相恋，临近过年时，云之凡必须返家，二人约定归来时在黄浦江外滩公园相见，只是没想到从此断了音信。直到五十年后，江滨柳在垂暮之年患了重病，决定在台湾登报寻人，一了余生心愿。最后两人相见，已各自婚嫁、垂垂老矣。在江滨柳的回忆里反复出现的《许我向你看》这首歌，我觉得它最重要的主题是“时光”，暗示着戏里这对苦命鸳鸯一生的悲恋，于是决定用这首歌来延展出新的歌词。

《许我向你看》是周璇的名曲，严宽作词，庄宏作曲。在写《暗恋》的歌词时，我把“许我向你看”这个短句放在了整首歌词里最重要的副歌第一句，也跟作曲者李伟菘沟通，希望这五个字的旋律和周璇原曲保持一致。在袁泉演唱的《暗恋》里，我也放入了林青霞演唱的《许我向你看》的声音片段。因此《暗恋》这首歌词，除了在对应剧中的角色，也在对照《许我向你看》这首老歌。

好像漫长的梦
越在时光海洋
咫尺天涯相思长
人各在一方

《暗恋》说的是一个人一辈子的时光，从青春到老去，都陷在无止境的相思中。主歌一开始就清楚地描述了时间："好像漫长的梦，越在时光海洋。"而"咫尺天涯相思长，人各在一方"也许有些老套，但当时我的确是故意试着模仿老式情歌的书写方法，表达我想传递的情绪和故事。

秋千随风摆荡
话还在我耳旁

一朝醒来发苍苍

心事却依然

第二遍主歌完完全全就是在写话剧《暗恋》的故事。

许我向你看

每夜梦里我总是向你看

在这滚滚红尘心再乱

一转头想你就人间天堂

许我向你看

美好记忆只因为向你看

既然青春是如此短暂

暗恋才因此漫漫地延长

接着要进入副歌。那时我在想，《许我向你看》是结局甜美的情歌，但在一场无法顺利发展的爱情里反复出现，就会令人格外感伤。《暗恋》的副歌延续着主歌舒缓而忧伤的旋律，我于是反向书写《许我向你看》里的情感，转化为自我安慰：“许我向你看，美好记忆只因为向你看。既然青春是如此短暂，暗恋才因此漫漫地延长。”爱一直在心中暗暗进行着。在漫长的想念里，男主角重复听着《许我向你看》来面对等待的空虚和没有把握的未来，这个过程本身是一种安慰：把一段无法在真实世界延续的感情放在心中。

认识袁泉是很好运的事，她是一位艺术家，每首歌、每部戏都有自己独特的表现方式。这首《暗恋》可以唱得非常煽情，袁泉却相当克制，刻意用清淡的唱法，给感情留白，让聆听者能够有更多的诠释空间。

与话剧和电影合作都对我的歌词创作有很大助益，让我有机会思考，是直接回应故事，还是从核心精神延伸，发想更多。

创作番外

2003 年，我跟袁泉因为孟京辉的戏《琥珀》而认识，当时她在戏里唱了一首非常难演绎的歌《那件疯狂的小事叫爱情》（我作词，王菀之作曲），让我惊为天人。

《暗恋桃花源》在 1986 年由赖声川导演编导首演，在

1991 年、1999 年都有不同版本演出，在 2006 年由黄磊、袁泉、何炅、谢娜共同演出了大陆的版本。这是一部精彩的戏剧，甚至被田本相誉为老舍《茶馆》、曹禺《雷雨》之后百年华语戏剧经典作品之一。

适逢《暗恋桃花源》上映二十周年，需要一首宣传单曲，我接下了这个任务。

这首歌获得了不少佳评，我也有些骄傲。在 2006 年有机会参与这个项目，与伟菘、袁泉和赖声川导演这群优秀的艺术家合作完成这首歌，舞台剧为我提供了许多丰富的想象，对戏剧的了解也从浅薄的喜欢提升到给予我创作灵感。

那件疯狂的小事叫爱情
袁泉
暗恋
袁泉

有多少初恋能够修成正果

从开始回忆到最后一秒都在宣示：只要你挽留，

我一切都可以放弃。

前程也许在遥远的地方

离别也许不会在机场

只要你说出一个未来　我会是你的

我会是你的

《飞》

作词　三毛

作曲　李宗盛

演唱　潘越云

发行时间　1985 年 11 月 19 日

所属专辑　《三毛作品第 15 号：回声》

三毛女士的《飞》让我在写词上深受启发。《飞》这首歌由她作词、李宗盛作曲、潘越云演唱，收录在专辑《三毛作品第15号：回声》中。

《回声》是三毛第一次将文字变成有声音乐作品。那时候，我刚离开台南到台北，第一份工作是在一家民歌餐厅里负责海报设计。下班后时常会阅读，边读边听着音乐。《回声》这张专辑在我“台北漂”生活开始的大半年里，陪伴着我度过了许多夜晚。

这张专辑，有点像在重述与总结人生，透过新的写词方式，由齐豫与潘越云演唱，一首首、一段段，述说着前半生那些重要片刻。三毛在专辑文案中写下：“回声”是一种恫吓，它不停息地深入人心，要的不过是一个证明。有人问，这些发生的事情在以后能够记住吗？回声告诉她：“是的是的……”她反而哀哭起来。当回声在某一刻突然消失的时候，她觉得在这整个时间，应该做些别的事情，但她不知道是什么，永远也不会知道，永远也不能知道，这是她感到悲哀的原因。于是她写出了“回声”——这一首又一首歌。

三毛用“回声”来回顾自己的前半生，从童年、初恋、失恋、流浪，到丧夫、独居和静思，最后在半清醒与逃避的情绪里，完成了这部自传色彩浓厚的作品。《飞》是专辑当中我特别喜欢的一首歌，讲述了三毛离开台湾到海外求学前抉择未来时的犹豫与担忧，包含多种情绪，表达传递出年轻女性的一股勇气。

熟悉三毛的人都知道，她的文字行云流水，越悲伤残忍的事越轻描淡写；在一些看似愉快的事情上，写出一股淡淡的疏离与感伤，是三毛的冷幽默。专辑里，有一首《七点钟（今生）》描写了初恋经历，她初次与异性有了约定，约好七点钟一起去搭通往淡水的火车。《飞》写的却是初恋结束，描述这个失恋的女孩，下定决心离开家乡，同时内心“不怕等待”的勇敢。在飞机起飞前一秒，她都还在勇敢等待恋人的挽留。

“这是最后一夜了，面对面坐着没有终站的火车”，主角还在回顾最后一次与男孩坐在开往淡水的车厢里。前往机场的前一晚，两人坐着没有终站的火车，那其实是象征精神里“没有终站”、不停歇的感觉。隔天她将远赴国外，去一个“没有你的地方”。写失恋，却没有一个伤心的字眼。从“钥匙在你紧锁的心里”进入副歌“左手的机票，右手的护照，是个谜”，“一个不想去解开的谜”，因为她还在等待被挽留，于她而言，没有任何期待的未来就是个谜。

在那个年代，追求前程除了是自己的期待，更多是家长的期许与安排。“前程也许在遥远的地方”——当时到海外求学仿佛是更好的出路，但“只要你说出一个未来，我会是你的”，这一切都可以放弃。结尾突然独立出一段旋律，为整首歌做结论。歌名已经告诉我们结果是“飞”，整个过程都在叙述三毛自机场出发前的状态，从开始回忆到最后一秒都在宣示：只要你挽留，我一切都可以放弃。

整首歌借由青少年的决绝态度道出一种难舍，当中并没有太多成人式的胶着，更多是少年人青涩的刚烈和碰撞的勇气，面对爱情可以毅然撕裂，也能立即回头。三毛创作这首歌时，距离她离开台湾到西班牙读书已经非常久了，但她依然能准确捕捉属于少年的绝对无惧的勇气。潘越云和齐豫原本的演唱风格都很鲜明强烈，却在这张专辑的演唱中淡化了自己的风格，以更好展现每一首歌对三毛不同人生阶段的表达。

这张专辑几乎每首歌都有三毛的旁白前导，而这首《飞》，她是这么说的：“你听过有什么结果的初恋吗？很少，是不是？是受着重挫走的，那么空空洞洞的一个人，走的时候，机场大厅里一遍又一遍呼唤，呼唤没有航向的飞行者向第三号登机口离去。”她以一个事过境迁的第三人立场，回望过往年少的自己，挥别没有结果的初恋。这首歌的呼喊对应着专辑名“回声”，而三毛的英文名字也叫Echo[1]，如果整体串联思考，再去阅读、聆听她的作品，会非常有立体感。听《飞》这首歌时，我没有太多惆怅，反而觉得有种励志感。刚刚“漂”到台北，《飞》给了我往下一阶段迈进的勇气，虽然不知道会航向怎样的未来，但会坚决走下去。

三毛是一位跨界创作歌词的作家，她与李泰祥先生合作的《橄榄树》脍炙人口，1979年发表的《橄榄树》是三毛的第二首歌词作品。我之所以会想拿它跟《飞》对照，是因为《橄榄树》一开头的“不要问我从哪里来，我的故乡在远方”。这已经是完成《飞》后离开台湾的创作，在国外生活的时空立场转变，正好跟《飞》对调。这两件作品，其实构成了有趣的对照和延伸。

《橄榄树》里的三毛，已经挥别初恋，进入了“谜”的未来，呈现一个人在海外生活的游子心情。这是非常美的一

1 Echo：意为回声、重复。——编者注

首歌，也是那个校园民歌刚刚兴起的时代，颇为重要的作品之一。

谈到三毛，我想起一段往事。

我和她直到 1990 年才认识。我因为公事到新加坡出差，偶然在电台听到《说时依旧》，歌词特别打动我，询问后才晓得是三毛作词。回台湾后，我通过出版社联系三毛，征得了这首歌在台湾发行的许可。在这样的机缘下，我们认识了。那是一个阳光灿烂的冬日，她邀请我到她家里做客，我同时邀请她为林慧萍的专辑写歌词，她对林慧萍印象很好，便一口应允。三毛性格开朗，与我聊着我的歌词，她甚至已经对自己要写什么有所准备了。那是个愉快的上午，阳光照在她家餐桌上，她兴奋地告诉我，不久之后她将去大陆探望朋友，而我也将在一周后飞往美国录音。我们说好一个月后回到台湾再见面，继续讨论新的合作方案，只是没想到我到洛杉矶录音的第二周就得知了她过世的消息，特别惊讶。

后来，我在林慧萍那张专辑里，写了一首《说好见面》，记念那个愉快的早晨。

飞

李宗盛

橄榄树

费玉清

说时依旧

林慧萍

说好见面

林慧萍

当一个男人不再爱一个女人

恋爱中的两人，最害怕情绪落差，当其中一方对另一方的情绪不再有感受时，彼此间情感的传递也就中断了。

是不是每个爱情都会

走到很难交流的局面

别人又是如何如何面对

力不从心这种感觉

我不愿自言自语自怜

给自己理由后悔

我的喜悲若你不想随

告诉我　我试着了解

最怕爱到落空

换来了一身伤悲

在你面前你视而不见

《试着了解》

作词　姚谦

作曲　美木 SUPER

演唱　万芳

发行时间　1993年9月1日

所属专辑　《贴心》

写歌词有很多种方法，书信体可以很快地把听者带入主角的情绪里，是更直接的一对一的表达，这样的形式有更私密的情感流露。我发现万芳说话时总有一种亲切感，因此在收到《试着了解》的作词邀约时，我选择用书信体来写这首词。

用书信体写歌词可以很明确地划定角色之间的关系。我给《试着了解》设定的故事背景是交往中的两人进入了恋爱冷静期，歌词则主要围绕面对爱情冷却时，“我”心中产生的困惑和试着沟通的心情。

最近常无言相对
彼此安静电话两边
思绪飞啊飞啊飞到从前
你我初识热络季节
常聊啊聊啊聊到深夜
怎么说也不觉累

我在“书信”里用了起、承、转、合的结构，把要说的故事放进了这首歌简单的旋律里。从女主角描述“最近常无言相对，彼此安静电话两边”开始，用这个“起”点明了女主角的困惑——她不知该如何面对冷却的关系。“思绪飞啊飞啊飞到从前，你我初识热络季节……”这几句用来对照情感由热到冷的变化，形成一种心理上的落差。

是不是每个爱情都会
走到很难交流的局面
别人又是如何如何面对
力不从心这种感觉
我不愿自言自语自怜
给自己理由后悔

“承”在第二遍主歌，承接前面的现状描述，接着发问：“是不是每个爱情都会走到很难交流的局面，别人又是如何如何面对力不从心这种感觉？”用这种比较，再次强调女主角心中充满困惑。

你的世界若不要我陪
告诉我　我试着了解

最怕寂寞子夜
我想到我们之间
迟迟无法入睡

我的喜悲若你不想随
告诉我　我试着了解
最怕爱到落空
换来了一身伤悲
在你面前你视而不见

女主角不想做一个自怜的人，也不需要这段冷淡的关系延续下去，所以进入副歌时，歌词推进到了直接的表达："你的世界若不要我陪，告诉我，我试着了解。"两人一筹莫展的关系具体表现在"我的喜悲若你不想随"。副歌也是整篇歌词的"转"。

写这首歌词时，我试着回想过往恋爱经验中自己与恋人的沟通。情感交流是互相感染的过程，如果某天其中一方拒绝沟通，另一方就需要勇敢面对，甚至接受对方的拒绝。恋爱中的两人，最害怕情绪落差，当其中一方对另一方的情绪不再有感受时，彼此间情感的传递也就中断了。所以，在旋律起伏较大的副歌，歌词试图向对方发问，想要将心比心，引起对方相应的感受，两人关系的答案则交由对方回应。这部分内容也是这首歌词中我最想要表达的。

作曲者设计了一个比副歌旋律更为激动的结尾，我便把整首歌词的终极提问放在那里："为什么所有温柔心事，你不愿意去试着了解？"这个"合"虽然不是结论，却随着旋律从扬起到舒缓，同步给予对方一个强烈的情绪暗示。写《试着了解》的歌词时，我想象一对恋人在感情走向冰点的时候可能会发生的对话，然后用第一人称，描述女主角的感受、猜测和需求。

在类似的歌词创作里，印象比较深刻的是张学友那首《最后一封信》。"那封信"是从男性视角开始的："静静地静静看你熟睡的身影，请相信，这是我一生最难的决定……"引出故事——两人曾经亲密，但因为某些事，如今他要向她告别。利用书信体创作，可以快速直接地进入沟通状态，而且人在写信的时候通常不会隐藏情感。

每个人写信的方法都不一样，大家也可以试着用书信体找寻更多创作的可能。

创作番外

书信，的确是独特的文字形式。

《试着了解》是 1993 年写的，写歌词的那段日子，我恰好在读一本意大利书信体小说《依随你心》。巧的是，《试着了解》的演唱者万芳，2003 年也参与出演了一部与书信相关的话剧《收信快乐》。

我也曾尝试用书信体写我的第一部小说《脚趾上的星光》。在这个故事里，住在北京和台北的一对异地情侣约定，每个月要给对方写一封信，分享各自的生活状态和感受。当时，我找了林宥嘉和李心洁朗读小说里的信，还为这个爱情故事制作了一张音乐专辑。

最后一封信

张学友

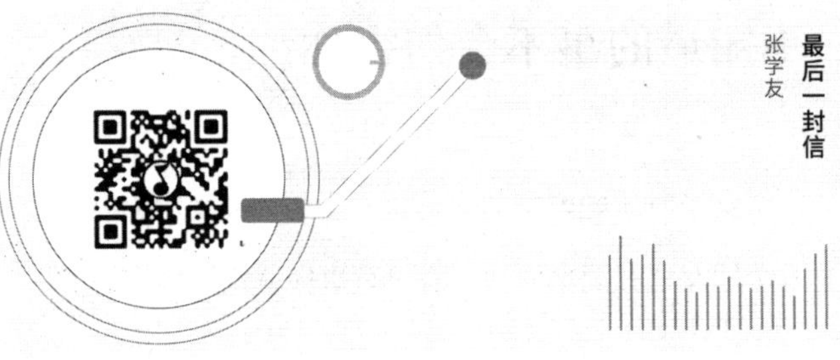

不知道的事不会伤害你

一个女子对着她亲密的人诉说心里的困惑：“你说你有个朋友住在淡水河边，心里有事你就找他谈天。”

爱人不能是朋友吗

你怎么都不回答

你的心事为什么

只能告诉他

我其实也想知道

你有多么喜欢我

你怎么跟别人形容我

《Men's Talk》

作词　郑华娟

作曲　郑华娟

演唱　张清芳

发行时间　1992 年 12 月 1 日

所属专辑　《光芒》

郑华娟是我特别欣赏的一位创作者，词曲俱优，且始终保持着开放自由的人生态度，这也反映在她的创作《Men's Talk》里。早在二十年前，她就站在女性的前卫立场，谈男女之间暧昧的情感差异。不是为了哀怨，而是开启讨论。

《Men's Talk》由张清芳演唱，这是她唱片生涯中销量最高的专辑《光芒》的第一主打歌。我曾参与这张专辑的制作。张清芳也是我音乐生涯前十年合作最频繁最久的歌手之一。

在陶晓清所带起的校园民歌创作潮里，许多大学毕业生纷纷投身音乐产业。张清芳算是第二拨进入其中的音乐人，她以纯粹的演唱，创下唱片业佳绩。几乎每次张清芳出专辑，对手飞碟唱片公司总要用苏芮与黄莺莺这两位女歌手来对抗。后来，当辛晓琪加盟滚石唱片推出新专辑时，公司宣称她唯一的对手就是张清芳，以此当作宣传点，而那已经是张清芳演唱生涯的第十年了。可见那十年间，张清芳一直是台湾流行乐坛女歌手第一人。

张清芳的成名歌曲非常多，《Men's Talk》是其中一首。

记得我当时收到这首歌，一面听郑华娟用吉他自弹自唱，一面对照着歌词，心想即便没有旋律，这也是一篇顺畅的小故事。在爱情里，两人已从激情走向习惯，女主角突然感到自己像感情里的局外人，因此试着与男友沟通。

你说你有个朋友

住在淡水河边

心里有事

你就找他谈天

直到月出东山你才满脸抱歉

告诉我你怎么度过这一天

《Men's Talk》的歌词使用平淡有趣的字眼，从看似寻常的情侣、夫妻生活里，挖掘值得再思考的空间。一个女子对着她亲密的人诉说心里的困惑："你说你有个朋友住在淡水河边，心里有事你就找他谈天。"一开场，已经把故事中的三个角色都清晰地说明白了。第三者住在淡水，是男性。"Men's Talk"是男人之间的谈话，男友和哥们儿的感情特别好，经常彻夜饮酒聊天，谈着心事。

爱人不能是朋友吗

你怎么都不回答

你的心事为什么

只能告诉他

我其实也想知道

你有多么喜欢我

你怎么跟别人形容我

三人关系点明后，副歌从角色到关系，进入到更深刻的描写。“爱人不能是朋友吗？你怎么都不回答？”这句话点明了这首歌最重要的主题。对“你”来说，朋友与爱人的定义仿佛非常分明，但“爱人不能是朋友吗”？记得我刚收到这首歌时，还真不明白爱人能不能是朋友。我最初也以为爱人跟朋友本来就应该区分开，但郑华娟抛给了我一个新的思考。特别是那句“你的心事为什么只能告诉他？我其实也想知道”，女主角用第一人称直接说出心里话，再进一步发问：“我其实很想知道你有多么喜欢我，你怎么跟别人形容我？”他们总是可以天南地北无所不聊，聊到半夜才回家，这段话其实又扣回了主题——“爱人不能是朋友吗？”

男人和女人在思考上的确有差异，有时不同代际也会产生思考上的差异。只是当两人是情侣关系时，差异就有可能变成争论或引发伤害的原因。

当时的华语流行音乐很少触及两性沟通的话题，《Men’s Talk》这首歌却大胆采用第三方是同性的设定来做开放的讨论。如郑华娟所说，这样的歌词造成了很多不同想象，但她从来不解释。作品完成后就属于听者，听者如何想象是他们的自由。我非常认同郑华娟以这样的态度去看待创作。我认为作品的完成，并不是写完的时候，而是听者对它产生一些解读的时候。获得了听者看法的作品，才算真正完成。

后来我才知道
有些话你只对朋友说
你们叫它作
淡水河边的
Men’s Talk

后来我才明白
有些事你只对朋友说

我和你就像天和地

你是云　天上飞

而我的泪水

滴成了河

郑华娟的词向来朗朗上口，容易记忆，这首歌也不例外。“后来我才明白，有些事你只对朋友说”，“我和你就像天和地，你是云天上飞，而我的泪水滴成了河”，副歌后段在下结论，而它对照的副歌前段是：“后来我才知道，有些话你只对朋友说，你们叫它作淡水河边的Men’s Talk。”前面她定义了两个哥们儿的话叫作“Men’s Talk”，后面说她和恋人的关系还有一部分是不开放不透明的。看似不相关，男女关系忽然成了天上的云和地下的河，而河里流的是泪。故作夸张的悲壮，放在一首轻松的旋律里，那种突兀感反而增加了幽默和趣味。在循规蹈矩下偶尔出格，只要逻辑合理，那些出格往往会让读者在固定节拍的阅读心情下，忽然被激活。创作要有核心精神，也要留给读者开阔的空间，偶尔诙谐地调侃，也是一种博得欣赏的方法。

大家是否听过《I’ve Never Been to Me》(《从未找到自

我》）这首歌？《Men’s Talk》启发我去面对当时生活中那些被忽略的事，类似这样的创作，早已在西方的一些歌曲里出现过。

我想起在大学时经常练的一首吉他曲《Torn Between Two Lovers》(《两个难以取舍的情人》)，这首歌是从第三者的角度探讨介入他人爱情时的苦恼，1978年在美国发行时仍有些惊世骇俗。我们所谓的自觉，有的时候要先诚实面对自己，才能认清自己真实的位置，才可能疏导自己走向一种更怡然自得的生活。

许多动人的流行音乐都源于生活并反映着生活，也常常有关自我定位与生活的对照思考。无论是《Men’s Talk》、《I’ve Never Been to Me》，还是《Torn Between Two Lovers》，都传达了女性生活中的不同立场，以及在不同生命阶段所面临的困惑。

Torn Between Two Lovers
Mary MacGregor
I've Never Been to Me
Charlene

如花美眷抵不过似水流年

在这个一对一的情境里，仿佛在对一个朋友或情人说话，但更多是向自己提问——该如何去衡量感情？

付出多少　是不是就要拿回多少
在感情的世界里　多少算多　多少算少
我对你好　是不是要你也对我好
在感情的天平上　什么算好　什么算不好

我们一路跟时间赛跑　我们一直和未来计较
跟往事的是是非非　对对错错　苦苦煎熬
哪一天我们才能清楚知道
我们曾在同一个地方停靠
将往事的是是非非　对对错错
抛在脑后　都抛在脑后

《我们之间》
作词　姚谦
作曲　伍思凯
演唱　伍思凯
发行时间　1990年7月6日
所属专辑　《特别的爱给特别的你》

我的歌词作品《我们之间》，由伍思凯作曲和演唱。这是一首先写词后谱曲的作品，对比为曲填词遇到的诸多限制——需要思考旋律、结构和对仗关系，先写词后谱曲看似不受旋律约束，可以自由随性地创作，其实不然，仍然有一些需要注意的技巧。

其中一个重要的考虑，是语态。

语态是一个比较抽象的说法。举例来说，我们说话时习惯使用的字眼都不一样，这造成了每个人的语态差异。每个人潜在的思考、性格特点，都会体现在话语或文字中，逐渐形成个人风格。这也是为什么听过大量歌曲之后，我们可以慢慢分辨出某一首歌词可能是谁写的；而创作者也要反向思考，如何让听者辨识出属于自己的风格？这就需要在写词的时候，注意所使用的词汇，色彩要明确，且一以贯之。

那么，个人的创作风格可以靠练习形成吗？当然。首先要自我观察，从了解自己平时说话的习惯开始。我常给自己录音，像是我今天跟谁说了什么话、当时是怎么说的，我会录下来，然后听写，纯粹以文字的方式来认识自己。重复几遍之后，会发觉自己有一些惯用语，如果我认为是好的，就尽可能沿用下来。

另外还有一个方法，我写完歌词，常会朗读出来，然后录音再听一次。听的过程中会激发出一些修改的灵感，也会更了解自己的语言习惯。语言习惯往往反映着一个人的性格和潜在的思考逻辑，即个人特色。

然而，语态不单单涉及风格的塑造，还包括情境的考量。比如动笔之前，要考虑你是“对一个人说”还是“对众人说”，这两种不同的情境，会影响表达时的语态。“对一个人说”可以再细分场景，是在公共场合还是在隐秘场合？不同场景有不同的诉说语态。“对众人说”的情境语态，常常可以在励志歌曲中找到。励志歌曲借由金句引发众人共鸣，这种时候就需要清晰明确且有力量的表达。说话场合是私密还是正式，对象是个人还是众人，写歌词之前，这些情境都要先定义出来。

大家可以想象一下，当《我们之间》只有歌词的时候，伍思凯是怎么样读着文字发展出了旋律，一些平仄用字和状态如何影响了他对这首曲子的谱写方向？什么样的情境影响了他的旋律创作呢？

回到创作的起点，当时写这首歌有一个重要的原因。伍思凯之前有一首非常有名的歌《爱到最高点》，这是首慷慨激昂、“一对众”情境下的宣示歌曲，是一首年轻飞扬并颇具自信的励志歌。伍思凯的经纪人希望他接下来能有一首更注重内在情感表达的作品。了解到这个方向之后，我写下了《我们之间》。

而每首歌词在下笔之前都应该先定“主题”，当时我想冒个小风险，写一首情歌，但隐约不像一般的情歌。要避开浓烈的爱恨字眼，刻意营造出类似友情的爱情。要实现一种效果——看似是讨论平淡无所求的朋友关系，但其实是关于情人之间的关系。

讨论爱情的深刻作品很多，但我这次不打算形于外，准备绕开传统情歌的惯常论述，丢出问题，自我省视，然后有一些对照。在这个一对一的情境里，仿佛在对一个朋友或情人说话，但更多是向自己提问——该如何去衡量感情？这也是《我们之间》这首词最核心的主题。

接着，我很清晰地设定了音乐结构为主歌加副歌，是典型的流行音乐曲式。主歌与副歌都分成两段，每段都是四句。

我在这个典型的结构下思考歌词，正式写作的时候一直想抛开字数的限制。虽然这首歌“先有词”，但我在脑海里已确立音乐结构，因此要抛开字数限制，最好的方法是回归口语。这首歌发表在 1990 年，是我开始创作歌词的第三年。

付出多少　是不是就要拿回多少
在感情的世界里　多少算多　多少算少
我对你好　是不是要你也对我好
在感情的天平上　什么算好　什么算不好

那时，我觉得那个年代的歌词文艺气息太浓，并不那么“接地气”。因此自己在写词时，尽量避免随波逐流，尝试用接近自己语言习惯的口语，就写出了像“付出多少，是不是就要拿回多少”“我对你好，是不是要你也对我好”这样的句子，都是接近口语的大白话。

我们一路跟时间赛跑　我们一直和未来计较
跟往事的是是非非　对对错错　苦苦煎熬
哪一天我们才能清楚知道
我们曾在同一个地方停靠
将往事的是是非非　对对错错
抛在脑后　都抛在脑后

考虑到副歌的旋律通常起伏较大、感情浓烈，因此我用了“我们一路跟时间赛跑，我们一直和未来计较”这样情绪激昂的文字，但仍坚持要接近口语。同样，“哪一天我们才能清楚知道，我们曾在同一个地方停靠”，也用了口语化的语言把当时在情感上有过的疑问和困惑表达了出来。

创作番外

说到“语态”，再推荐两首歌给大家。

李宗盛的《和自己赛跑的人》是他写给同事张培仁的一首歌。讲了两个志同道合的年轻人，早期在滚石唱片共同奋斗、互相激励的故事。从《和自己赛跑的人》到他最近的作品《山丘》，李宗盛的个人风格向来都很清晰。《和自己赛跑的人》充满明朗爽快的语调，偶有男性感触的分享。李宗盛在写这首歌时可能是有感而发，能感觉出旋律是跟着文字迸发而出的，像音乐剧主角一连串的内心独白。

《山丘》是五十多岁的李宗盛面对初老进行的自我对话，沧桑有余，却不显露悲意，这是他的自信。他总是愿意从一个平凡的角度来看待自己和朋友，充分感染听众，创立一种高辨识度的风格。对创作感兴趣的朋友们，也可以多尝试思考如何建立自己的语态系统。

山丘
李宗盛
和自己赛跑的人
李宗盛

CHAPTER 6

生命物语

有棵树在我的身体里，长满欲望
人与时光对话，今夕何夕
求婚，是男人对女人最大的尊敬
唯有困惑层出不穷
我们是如何一点点被遗忘的
那都是老天爷要教会我的事
你是习惯了日常，还是习惯了孤独

有棵树在我的身体里，长满欲望

一个男性在青春期后段的自我对照，对生存环境和未来的思考，诚实面对自己内心的不耐烦和过多欲望。

我站在夏日的黄昏　山之巅
身体迎着风飞舞
一只鸟踩着我的肩　我听见
她在歌唱着明天
我想问　这世界
是否辽远又无限
她却飞走　越来越远

《树》
作词　许巍
作曲　许巍
演唱　许巍
发行时间　1997 年 4 月 1 日
所属专辑　《在别处》

许巍的《树》，收录在他 1997 年发行的专辑《在别处》里，这首歌和这张专辑让我第一次被华语摇滚乐感动。我正式认识许巍应该是在 2000 年。

记得那些年，我因为对大陆的音乐好奇，想有更多的了解，所以安排了许多从台北飞到大陆拜访音乐人的工作，借此了解大陆唱片音乐的环境。我也因此认识了许多优秀的音乐人，其中有个朋友送了我一张许巍的专辑《在别处》，这张专辑给了我完全不一样的摇滚乐体验。在我当时任职的国际唱片公司里，有许多西方摇滚乐团，也许因为语言隔阂，也许因为环境的差异，在面对西方的经典作品时，我多带着敬畏之心，感动倒少了一些。而许巍的音乐却打动了我，让我了解到华人摇滚乐的独特迷人之处。《在别处》让我知道摇滚不应只表达愤怒或是心灵鸡汤，演唱摇滚乐也不只是激烈地呐喊、飙高音。摇滚，更应该是精神上的诚实流露，用音乐呼应自己生长的时代，用音乐面对问题、面对这个世界，将自己所产生的疑惑和思考，透过音乐来表达。许巍就充满了这种内在的能量和摇滚的精神。

我记得 2000 年通过朋友认识了他，去拜访的那天，他身体微恙，坐在床沿跟我聊天。他非常谦和、诚恳，只是说话的声音非常轻，跟我之前听到的他专辑里由低而高宣泄的洪亮声音有些差别。那次拜访我运气很好，向他约到了两首曲子。后来我正式在大陆开始了唱片工作时，将其中一首曲子交给赵薇演唱，那首歌是《来得及的明天》，是我填写的词，为了推广儿童教育而写。约到的另一首曲子用在了孟京辉的话剧《琥珀》里。将廖一梅所写的文字稍微调整，用作歌词，就是那首刘烨演唱的主题曲《琥珀之歌》。这首歌虽然没有大红大紫，却也赢得了大量的关注和讨论。

透过许巍《在别处》这张专辑的歌词，我阅读到了与自己有不同成长背景的另外一些人的思考。许巍的歌词充满了后青春期的迷惘与敏感，关于未来，关于面对现在。他的歌词里常会出现“遥远”，这都反映了当时他的迷惘；而他的敏感，反映在他对于肉身、对于精神、对于这个世界、对于爱、对于生命和生活充满了幻想和期待，但期待与盼望之后又有沉重与恐惧的心情。他的歌词里经常会提到“欲望”两个字，这是他面对自己时的思考，非常诚实地说出了自己身心沉重的原因。

《树》只有主歌与副歌，两遍主歌后进入两遍副歌，没有太多华丽或修饰性的旋律，甚至不需要高难度的演唱，整首歌非常朴素，就像许巍本人。不过在这简单的创作里，还是听得到许巍在歌词与旋律之间相互交织的一些紧凑思考。开场的破题以景抒情，先把自己身处的环境表述清楚，将读者引导进创作之中，“我站在夏日的黄昏，山之巅”，这就是非常明确的画面，可以让人进入其中，并预料到歌者接下来打算给出的一些信息。

我站在夏日的黄昏　山之巅
身体迎着风飞舞
一只鸟踩着我的肩　我听见
她在歌唱着明天
我想问　这世界
是否辽远又无限
她却飞走　越来越远

“一只鸟踩着我的肩，我听见她在歌唱着明天”，主歌第二句就以“树”为第一人称，将拟人的创作手法表达清楚了。这句一方面是树的告白，另一方面也是歌者拿树来比喻自己目前的状态。“一只鸟踩着我的肩”，树想问鸟问题，但是鸟转眼飞得越来越远。接着我们知道，树的问题是它对这个世界感到迷惘与迷惑，“这世界是否辽远又无限”对照着鸟的飞远，这是一静一动的景象。主歌第一段歌词借由我们可以理解的画面快速地传达意义，已经非常生动，像诗一样了。

花开又花谢多少年

我依然　充满幻想和期待

我身上结满了果实

可里面　长的全都是欲望

每一天　每一年

悄然生长的夜晚

让我沉重又茫然

主歌第二段，“花开又花谢多少年，我依然充满幻想和期待”，歌者借树表达自己，而这与自己面临的青春已逐渐远去的局面，形成了对照。“我身上结满了果实，可里面长的全都是欲望”，这是《树》的歌词里第一个震撼我的句子。许巍告诉我们果实里面是欲望，其实这是很恰当的比喻，很少有人这么用，这句话让人在聆听的时候充满了各种想象。

《树》的旋律中有一处特别不同的地方让人印象深刻。很少人会使用的方法，许巍却用得非常精彩，让听者在这首歌低沉的旋律中记住他要说的重点。在第二段主歌中，“悄然生长的夜晚，让我沉重又茫然”，这两句词的旋律在副歌的结尾被重复地使用，而“每一天，每一年”的旋律却引出了副歌激昂的开始，这一低一高的对照让这首歌有了力量和生动的起伏。

进入副歌，“每一天，每一年”在重复着，用这种略带愤怒和对抗性，却并不蛮横和暴力的方式重述。在这重复的日子里，“我”所有的幻想和期盼，借由树，在副歌中已经转为个人情绪的抒发。“在遥远的天边，我看见阳光曾带走衰老的今天，又一个欲望悄然生长的夜晚”，“悄然生长的夜晚”在主歌最后出现过，而在副歌的最后又一次出现作为对照，强化了“又一个”让叙述者感到的沉重和茫然。

整篇歌词非常简单，用了拟人法，拿树来对照自己，是一个男性青春期后段的自我对照，对生存环境和未来的思考，诚实面对自己内心的不耐烦和过多欲望。我觉得阅读许巍每个阶段的歌词，都可以阅读到他在面对生命的每一个阶段时透过音乐所做的自我检讨，这也是他的歌词像诗一样深刻、耐人咀嚼的原因。

人与时光对话，今夕何夕

最特别的，其实是他们在日常生活中流露出的专注当下的精神。

千丝万缕其中　一系

安静是穿越的　羽衣

闻到　秋光

沐浴　蝉鸣

你在时间的那里　而我在这里

以手编织着时光

温柔磨亮了沧桑

屏息在凝望的语境

今夕是何夕

当来不及传递的钟声响起

于是我们都发现了岁月的意义

《当我在这里》（电影《我在故宫修文物》主题曲）

作词　姚谦

作曲　陈粒

演唱　陈粒

发行时间　2016年11月23日

《我在故宫修文物》是大家熟悉的一部纪录片，而同名电影的导演用电影的语言重述了已经拍好的素材，从另一个角度带领我们观看故宫的工匠们。电影呈现的是一段时间内，这群工匠为了完成一次展览，在故宫院子一角专注工作的故事。其中对于时间、影像、事物的描写，都呈现出了人在当下情境中的感受。

最初观赏《我在故宫修文物》纪录片的时候，我跟大家一样，被这群工匠身上的匠人精神所感动，但太多评论倾向于强调他们对文物的维护，对文化传承做出的贡献，而在电影《我在故宫修文物》中，我读到了更深刻的主题——关于时间。

受邀为电影制作主题曲时，我想起了陈粒，我非常欣赏她在《历历万乡》和《大梦》里呈现的具有辽阔时间感的旋律。后来，由我作词、陈粒谱曲及演唱的《当我在这里》最重要的主题就确定了——时光。

匠人们花费一生的许多时光，只专注于一件事，这是极为动人的。在影片里，我们看得到这群匠人和平常人一样在生活，最特别的，其实是他们在日常生活中流露出的专注当下的精神。于是我决定，主题曲的核心是时光与人之间的对话。

千丝万缕其中　一系

安静是穿越的　羽衣

闻到　秋光

沐浴　蝉鸣

你在时间的那里　而我在这里

你已等候我多时

终于知己般相遇

枕着　白雪

听见　杨絮

你在时间的那里　而我在这里

这是一首结构简单的歌词，两遍主歌之后进入副歌。我想用唯美抒情的方式来写主歌，想用个人沉浸在一件事情里的状态来描述时光，于是想到了四季。从四季中寻找典型事物，找到了秋光、蝉鸣、白雪、杨絮来对应匠人们的生活。“闻到秋光”“沐浴蝉鸣”“枕着白雪”“听见杨絮”，白雪不是看到，而是“枕着”，并且刻意用了“听见”杨絮，都是在衬托匠人们在专注工作的当下，对时光可能会有的感受。

每段主歌的最后一句“你在时间的那里，而我在这里”用了拟人手法，“你”是文物，“我”是工匠，这是我刻意构思过的。

以手编织着时光
温柔磨亮了沧桑
屏息在凝望的语境
今夕是何夕
当来不及传递的钟声响起
于是我们都发现了岁月的意义

匠人们的专注，是专心地对待眼前的文物。在时间经过自己的当下，用手慢慢地，一点一点重复修补的动作。所以，进入副歌后我开始描述匠人与文物之间的互动，“以手编织着时光，温柔磨亮了沧桑”。当匠人们专注而安静地面对文物时，时间的概念逐渐模糊，才会生出“今夕是何夕”的感叹。“当来不及传递的钟声响起，于是我们都发现了岁月的意义”，这是在对照影片最后的情节——文物修复完成，修复师们看着文物被送去展厅，才惊觉一段时间早已过去。

这部影片正好记录了这群工匠在故宫院子里最后的工作时光，他们将搬到新建的大楼里。当老工匠们跟住了大半辈子的旧院子告别时，感叹着回忆，说着感人的话，每一段主歌的结尾都停在“当我在这里”，当“我”在时间的面前。

主题歌和原声带的制作上，我故意没有选用民族乐器，而选用了西洋乐器钢琴。因为在我看来，钢琴的音色最具有叙述时光的语调和能量。很谢谢陈粒把我看似零散的句子用那么好听的旋律组合起来，也特别感谢刘胡铁巧妙的编曲，以及黄裕翔的钢琴演奏。

创作番外

描写时间的歌曲中，我特别喜欢罗大佑作词作曲的《光阴的故事》。这是他 1981 年的作品，当时还很年轻的他，从青年视角感叹童年时光的流逝，描述自己内心与思考的改变。在青春时，我们对于时间的感叹，跟《当我在这里》对于时光的描写是截然不同的。我喜欢《光阴的故事》有三十多年了。

对时间的描述，是文艺创作中一个永恒的主题。大家也可以想想看，关于光阴的联想有哪些呢？

当我在这里

陈粒

《我在故宫修文物》电影原声带

刘胡轶

光阴的故事

罗大佑

求婚，是男人对女人最大的尊敬

男人在爱情面前既要主动，又必须真诚袒露自己脆弱的一面。在爱情里诚实是必要的，愿意向所爱的人表露弱点，往往也是表露爱情最好的方法。

给我个温暖的陷阱　和一个燃烧的爱情
让我这冰冷的心灵　有个想到了家的憧憬

给我个温暖的真情　和一个燃烧的爱情
让我这漂泊的心灵　有个找到了家的心情

给我个温暖的家庭　给我个燃烧的爱情
让我这出门的背影　有个回到了家的心情

《家 II》
作词　罗大佑
作曲　罗大佑
演唱　罗大佑
发行时间　1984 年 10 月 1 日
所属专辑　《家》

罗大佑先生的作品《家》，在我聆听流行音乐时，启蒙我迈向了由浅入深的阶段。

“抗议歌手”是许多人对罗大佑最深刻的印象，然而这不是我对罗大佑的第一印象。1975年，在刘文正一张典型的商业专辑《可爱的女孩》里，藏着一首罗大佑写的《神话》。那是一首让人感觉升到了半空的歌，让少年的我忽然发现了新世界，从此我就记住了，有位音乐人叫罗大佑。

1982年，罗大佑发行第一张专辑时，我开始读大学，对他的作品讨论的社会议题颇有兴趣，也透过更多阅读怀疑和思考着世界。只是没想到1984年罗大佑的第三张专辑《家》却来了个大转向，这张专辑里有两首以《家》为名的歌：《家I》描述他已告别了父母曾经给予他的家，《家II》则是他正在经历的当下，是对他所爱的女子提出了对爱的渴望、对成立家庭的希望。

两首《家》在专辑中像诗篇般相互对照，让当时的我有了很清晰的生活参照。大学最后一年，我边求职打工，边努力补修学分，十分难熬。这两首歌里触及的对于原生的家和未来的家的渴望，我都有着相近的感慨与憧憬。

当年我买了罗大佑的第三张专辑，还靠打工收入升级了我的设备，从卡式机升级到CD机，《家》是我前期收藏的最重要的一张专辑。当时听罗大佑的歌，总忍不住先看他的歌词，记得在听《家II》之前，我就被它如诗般的文字打动。这首歌的结构是流行音乐常使用的ABC三段式，对应主歌、副歌、Bridge，共唱了三遍AB段，然而这首歌三遍的歌词却不太一样，呈现出长诗的样貌。第一遍与第三遍的主歌结构一样，而第二遍主歌却完全跳跃到了另一种叙述。三遍副歌则只是微调，以制造整首歌的渐进感。看得出罗大佑想铺陈一种层层递进的叙述，用第一人称直接向对方倾诉，用字不绕弯，保持面对面的直接，坦然面向听者表达内在情感。

每一首想你的诗　写在雨后的玻璃窗前

每一首多情的歌　为你唱着无心的诺言

每一次牵你的手　总是不敢看你的双眼

转开我晕眩的头　是张不能不潇洒的脸

歌词第一句就深深打动了我，旋律也超越了过往的柔情，“每一首想你的诗，写在雨后的玻璃窗前”，这也是我做过的事。准确而充满意象的文字表达，不禁使人将自己代入其中。一首歌破题的第一句词，往往决定了一首作品的生死，听者对于这首歌的第一印象是有好感还是觉得和自己无关，都会在听这一句时决定。

记得之前参加过一个诗歌与歌词的朗诵活动，年轻女诗人林婉瑜说，诗最大的魅力就是让阅读者在聆听或朗读时，发觉前后文字的关联不是习惯性的，不协调所引发的迟疑思考会让人感觉新奇，能以“不一样”来创造出一种新的对照反映，那就会是一首好诗。

《家 II》的第二句“每一首多情的歌，为你唱着无心的诺言”，就有接近好诗的美感。看似反方向的两句话，再深思却发觉“无心的诺言”并不是无情，而是内心本能给出的承诺。《家 II》几乎每句歌词都让我有接近读诗的惊奇。“每一次牵你的手，总是不敢看你的双眼”，描述恋爱初期的状态，你会感受到两人还未完全靠近，那正是爱情最美妙的阶段。“转开我晕眩的头，是张不能不潇洒的脸”——为了不看你的眼睛所以我转头，这像电影中的动态画面，最后定格在主角强作镇定的脸上。

给我个温暖的陷阱　和一个燃烧的爱情

让我这冰冷的心灵　有个想到了家的憧憬

一进入副歌就回到了罗大佑最常使用的勇敢直接的表述上：“给我个温暖的陷阱，和一个燃烧的爱情。”“温暖的陷阱”对应着“燃烧的爱情”，“让我这冰冷的心灵，有个想到了家的憧憬”，使用“冰冷的心灵”和“憧憬”，刻意避开“给我家”这样具体的描述，因为这还是第一遍的副歌。“陷阱”与“爱情”的冲突暗示爱情刚开始，正是被追求者思考对方是否值得信任的关键时期，同时追求者处在已经本能发出信号的境地，需要理性去平衡协调他的自尊与不安。这部分点出了属于追求者的勇气，以及他在爱情初期的挣扎与忍不住的强烈爱意。

紧闭着深锁的门　听我琴声的飘零

打开你孤独的窗　莫要转过去你的身影

走进你深藏的梦　谁在无声地睡眠

点亮你微明的灯　是张不能不害羞的脸

第二段的主歌转为书写“我”眼中“你”的状态。“紧闭着深锁的门，听我琴声的飘零”，这句歌词很容易让听者联想起早期经常身着黑衣、戴着墨镜弹钢琴的罗大佑，并想象门外有人在聆听。“打开你孤独的窗，莫要转过去你的身影”，观看的主动权在创作者手上，他窥探“你”的孤独，不让“你”走开。“走进你深藏的梦，谁在无声地睡眠”，他像幽魂般进入对方梦境深处，另一方面又在真实的世界，看着她安静睡眠。“点亮你微明的灯，是张不能不害羞的脸”，在爱情面前，他们一样惊慌失措。

给我个温暖的真情　和一个燃烧的爱情

让我这漂泊的心灵　有个找到了家的心情

这时进入第二遍副歌，渐进到更为强烈的直述。“给我个温暖的真情，和一个燃烧的爱情”，这是一个勇敢的请求。“让我这漂泊的心灵，有个找到了家的心情”，此刻“家”就被具体说出来了。

多年之前满怀重重的心事我走出一个家

而今何处能安抚这疲惫的心灵浪迹在天涯

为什么“我”有颗漂泊的心？这也在呼应《家I》，《家II》谈的是之前的家和现在的心情。“多年之前满怀重重的心事我走出一个家”，成长后出于各种原因离开了家，如今一人漂泊。“而今何处能安抚这疲惫心灵浪迹在天涯”，这有点苦肉计的意思。男人在爱情面前既要主动，又必须真诚袒露自己脆弱的一面。在爱情里诚实是必要的，愿意向所爱的人表露弱点，往往也是表露爱情最好的方法。

每一首苍老的诗　写在雨后的玻璃窗前

每一首孤独的歌　为你唱着无心的诺言

每一次牵你的手　总是不敢看你的双眼

转开我晕眩的头　是张不能不潇洒的脸

第三遍主歌歌词又回到了自我描述，也完整描写了两人的关系、自己的渴望和爱情的未来。“每一首苍老的诗，写在雨后的玻璃窗前”，“苍老”比第一遍的“想你”更有现实感，超越了过往爱情的坚决。“每一首孤独的歌，为你唱着无心的诺言”，他告诉对方他们已看透彼此的孤独。

给我个温暖的家庭　给我个燃烧的爱情

让我这出门的背影　有个回到了家的心情

第三遍副歌，“给我个温暖的家庭，给我个燃烧的爱情”，“家庭”两个字，更具体地描述了家的模样，“让我这出门的背影，有个回到了家的心情”是一句精彩的结语，他把自己最终的期待总结为可以切实归返的家。这首歌采用了开放的曲式，歌词也在无尽的“啦啦啦”中越行越远，表达一种永恒的追求和渴望。

每次诵读这首接近诗的《家 II》，都觉得文字与旋律在脑海中同步而行，有再多读几次的欲望。我至今还把《家 II》当作情歌的典范之作。

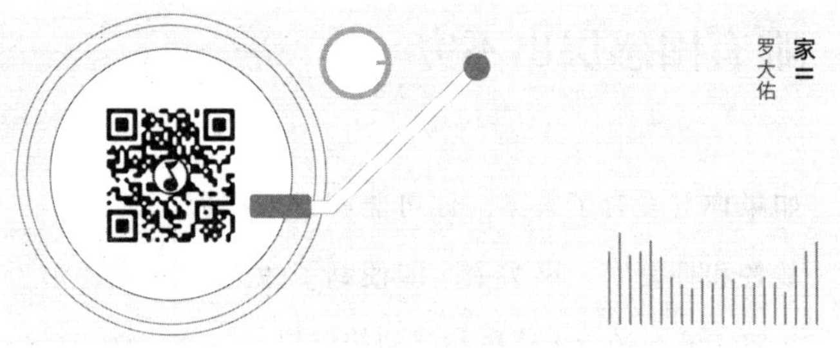
家
罗大佑

唯有困惑层出不穷

如果你对爱有了答案，你可能就有所把握，能够掌控和拥有它。事实上，即使到了今天，我还是认定“爱”是一个感受和感动的过程。

于是你终于明白

爱和拥有本无关

曾经在交会刹那

那份感动是一生的宝藏

爱活在心上

不受谁的决定改变方向

你真爱过

这就是答案

《答案》
作词 姚谦
作曲 鲍比达
演唱 李玟
发行时间 1998年6月25日
所属专辑 *Sunny Day*（《好心情》）

如何写好一首歌词？说实在的，我没有答案，我认为创作没有固定公式。

《答案》是我在 1998 年为电影《美少年之恋》所写的歌词，由我非常佩服的音乐家鲍比达先生作曲，由李玟演唱。写这首词的时候，我自问，电影里讨论了超越年纪、阶级、性别的爱情，我对爱的定义又是什么呢？始终没有确切的答案。因为没有答案而努力思考一直是我人生很重要的课题，借由创作、透过书写，我寻找着可以说服自己的说法，一步步思考每个阶段不同的答案。

创作有各种方法，千万不要担心自己的想法或文笔不够好，诚实会比炫技的文字更为动人，诚实也是创作的重要核心，而每一次书写就像试图去解答人生的某道题目，寻求这个阶段最能说服自己的答案。只有说服了自己，才有可能说服别人。

也正因为创作不提供答案，所以才有很多挖掘和自我对照的机会，而每一次的自我对照，都会随着年龄与阅历的增长，获得某个阶段性的结论。我写《答案》这首词时正三十岁出头，那时的我，经历过爱情，却依然对爱情有许多困惑。

《答案》是先有曲后有词的，鲍比达的音乐兼具深度与厚度，简单却深刻动人，让旋律承载起听者的诸多想象。填这首词的时候，“答案”是我最先设定好的大主题，在这个旋律以及主歌、副歌的结构下，如何去分布大主题之下的延伸细节，则需要大量搜寻和累积。

云很淡

才显得天那么蓝

因为爱　没有答案

才会在心中余波荡漾

进行思考时，我习惯待在安静的空间里沉淀。我决定在第一段的主歌中先把场景空间搭建出来，因为我心目中对“答案”的寻找应该是一个自我思考的过程，而“空间”是容纳一个人思考的重要场景。当时我依循经验，仰头看天，捕捉适合的字眼和素材。“云很淡才显得天那么蓝”作为主歌第一句，因为我觉得宽阔的空间可以让思想波动，我希望阅读者也与我共处一个空间。然而，我在主歌第二句就把主题说明了：“因为爱没有答案。”在写这首歌之前，我心底已经有了结论：什么事情都只有阶段性的答案，而阶段性的答案来自自我对照。

因为没有最终的唯一的标准的答案，我们才会不断思考。“因为爱没有答案，才会在心中余波荡漾”，对照着前一句很蓝的天，只有很淡的云分布在上面。宽阔安静的空间对应内心思考的波动，这是第一段主歌的空间场景。

于是你终于明白

爱和拥有本无关

曾经在交会刹那

那份感动是一生的宝藏

然后是第二段主歌，回到第一人称，这里引出了“你”——让我们在同一位置一起进入思考。“于是你终于明白，爱和拥有本无关”，这是为了表示心中没有最终答案，因为，如果你对爱有了答案，你可能就有所把握，能够掌控和拥有它。事实上，即使到了今天，我还是认定“爱”是一个感受和感动的过程，它并非一个具象的、可以拥有的实物，也不是用白纸黑字、责任义务可以说明白的东西，它是一种感受——爱是感受的过程。“曾经在交会刹那，那份感动是一生的宝藏”，那种感受是可以在心中珍藏的非具象物质，在主歌的第二段，我描述了自己对爱的抽象定义。

爱活在心上
不是时间可轻易打断
就算是交会时短
记忆会超越岁月边疆

爱活在心上
不受谁的决定改变方向
你真爱过
这就是答案

一首比较打动人的歌曲，经常会在副歌部分用一些情绪化的字句，引发听者相似的内心波动，以便让听者更投入，进入与歌者相同的位置，跟着歌者表述的情绪而感动。“爱活在心上，不是时间可轻易打断。就算是交会时短，记忆会超越岁月边疆”，这段歌词对照着第二段主歌，用接近散文的风格表达“爱”是没有时空限制的，再次呼应上文，强调“爱”是一种感受，而非具体事物。“爱活在心上，不受谁的决定改变方向”，这句对应“爱和拥有本无关”。最后，“你真爱过，这就是答案”，是在下一个结论。

《美少年之恋》中大量的旁白由林青霞配音。随着故事发展，旁白出现在舒淇饰演的女主角旁观剧中三位男性短暂交会的时刻。我把自己阅读旁白的感受，对照自己对于爱情的定义，写进了《答案》的歌词里。这首歌词其实完成得非常快。

“爱”是文学、音乐，甚至美术创作的一个重要主题。而关于爱的书写会随着年龄、阅历的改变，渐渐产生观点和看法上的变化。每个人或多或少、或深或浅都有过爱的经历，如何写出一首以爱为主题的歌词，让别人也可以在其中对照出自己对爱的感受呢？这也是我写《答案》的时候始终在思考的。

创作番外

关于“创作”这件事情，我想补充几句。

每个阶段，每个人都有渐进的变化、想法，以及对某些问题阶段性的答案。我们在创作时，一定要有自己诚实而主观的情感，同时也要广泛搜集资料，更冷静客观地分析歌曲本身的结构。在书写的时候，要把开阔的内容集中起来，发展出自己独家的论述和独特的语汇。创作必须要有个人的观点和表述色彩，这很重要。

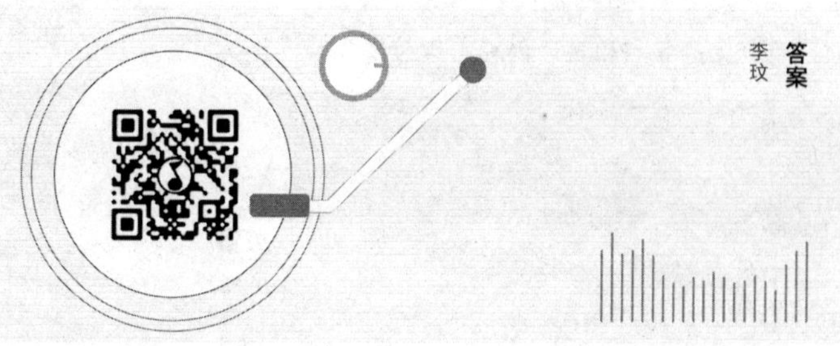
答案
李玟

我们是如何一点点被遗忘的

从被对方抛弃，开始经历了一段感受不到时间流动的日子，这情形类似死亡。

他选择离开

也否定了爱

从那一天起

我发现自己

某部分死了

不想有未来

始终不明白

爱能被取代

困惑的我不敢再伸手去爱

灰蓝的心情

想念着夏天

那秋天的海

《秋天的海》
作词 姚谦
作曲 周传雄
演唱 苏慧伦
发行时间 2001年12月25日
所属专辑 《恋恋真言》

喜欢听音乐的人，常常有一些只属于自己的“私房歌”，这些歌通常都不是唱片主打歌或主流市场上的火爆歌曲。私房歌反映着收藏者遇见它、反复聆听它时的心情，跟个人过去的生活和审美有关。我有一首很喜欢的私房歌，是苏慧伦专辑《恋恋真言》里的倒数第二首，冷门的《秋天的海》。《恋恋真言》这张专辑整体偏向轻摇滚风格。

让人意外的是，这张唱片的宣传期结束后，这首冷门歌忽然在许多电台的晚间节目里频频响起，慢慢也在网络的各类私人分享平台上传播开来。《秋天的海》是周传雄（小刚）作的曲，我填的词。我那时就知道这并非一首讨好大众的主打歌，但选择这首曲子来填词，只是因为旋律中有某种我喜欢的情绪，正好触动了我想表达的状态。

那时我初步决定，通过歌词表达“被遗忘”，表达主动遗忘者或被遗忘者的心情。最后再听着旋律，进一步确定：要描述爱情结束一段时间、离开公认的幸福状态后，一种孤独到跟全世界隔绝的状态，以及此种状态下当事者心底的波动。

要从哪里下手填词？我从一个人旅行的经验里开始搜索，首先想到了大海。于是在《秋天的海》的开头，我决定写一处被遗忘的风景——被夏天的游客们遗忘的大海。

有个冬日，我曾在意大利威尼斯的海边酒店住过一夜。印象中那里杳无人迹，一片寂寥，全是灰色调，白日短暂，眼前是密密的云和灰蒙蒙的海，只听得到低沉的海浪声。那个长夜，睡意不浓的我多次起身，在房间踱步，屡屡推开窗，去看不远处的灰色海面。当时的海景和那段记忆一直存在我脑中。

常半夜醒来
寂寞地幻想
若推开了窗
能看见大海
被遗忘时候
它是否存在

歌词的破题部分，先用“常半夜醒来，寂寞地幻想”确定主角是个被遗忘的人，用人的寂寞幻想来对照主题：被遗忘的“秋天的海”。在选择遗忘的人惯性的主观思维里，被遗忘者已经是虚无的存在。看着眼前被遗忘的“秋天的海”，被遗忘的这个人开始思考，自己的不存在是否真的成立？

他选择离开
也否定了爱
从那一天起
我发现自己
某部分死了
不想有未来

为了让歌词更贴近真实生活，我用第二段主歌来描述主角是如何被遗忘的。因为另一个人的离开，“我”被遗忘了。紧接着，歌词揭开的是被遗忘的“我”更深层的心理状态：“从那一天起，我发现自己某部分死了，不想有未来。”在离开者的思维里，那个“我”已经不存在了。从被对方抛弃，“我”开始经历了一段感受不到时间流动的日子，这情形类似死亡。填词的时候，我努力用平静的独白口吻，诉说被遗忘者那种绝对悲观的心态。

大海不明白

弄潮的人啊
夏天过去了就不会再回来
像沙滩脚印
眷恋还清晰
等时间掩埋

进入副歌，被遗忘的人面对着被遗忘的海，对它说："大海不明白，弄潮的人啊，夏天过去了就不会再回来。"这部分流露的是不过分煽情的悲伤情绪。

始终不明白
爱能被取代
困惑的我不敢再伸手去爱
灰蓝的心情
想念着夏天
那秋天的海

第二遍副歌和第二遍主歌采取了同样的视角，表达失去所爱之后会有的感受："始终不明白，爱能被取代，困惑的我不敢再伸手去爱。”被遗忘的海是灰蓝色的，但这个“我”知道，灰色后面沉沉的蓝，是想念。

写这首词的时候，为了揣测秋天的海，我一直在调动记忆中冬天的海的样貌，想要用秋天的海来贴近被遗忘者的感受和他安静的感伤。用平静的、没有情绪起伏的口吻，靠近远离人群时可能会有的状态。孤单寂寞的状态下，表面上越冷静，内心可能越汹涌。

创作时，多换位思考，跳离惯性，才有更多机会发觉不易察觉的、独特的内心状态。我相信大家都曾体会过被人遗忘的状态。举个最日常的例子，当我们独自阅读、听音乐、思考、创作时，就会进入一个与世界与他人无关的状态，进入某个孤独的瞬间。《秋天的海》这首歌词的创作，让我深深觉得有时把自己放在某个特定的非常状态下，就有可能写出异于常规的作品。

私房歌推荐

我再推荐几首我的私房歌。

张雨生《我是一棵秋天的树》：同样描述秋天，这首歌借由一棵树去思考一个人独立自在的状态。钢琴前奏很美，许常德的歌词十分精彩。他写秋天的树在叶子将落尽的时刻，感受着燕子飞过自己的肩膀，借此来描述这个世界的匆促。这棵秋天的树记得，曾有对恋人在自己的胸膛刻字。这也是书写“遗忘”，但当中更多的是独处时候的自在。

李寿全《看不见自己的时候》：这首歌由诗人陈克华作词，关于遗忘自己，观照内在。身处在这个多变的世界，当我们突然得以安静面对真实内心的时候，才发现，原来自己有那么多需要面对的荒凉心情。这首歌词接近于诗，配以歌者慵懒的唱腔，我很喜欢。歌词中，我尤其喜欢这句：“划根火柴，在你看不见自己的时候；点支香烟，看它能支持多久的寂寞。”它写出了男性在生活中非常安静的一面。

另一首孤独的歌，是阿桑的《寂寞在唱歌》，翻唱自德国音乐人 Dylan Cross 和 Michael Cretu 的一首作品。旋律是好听的小调，作词者施人诚以散文的笔触描写了安静的天黑时刻波涛汹涌的寂寞。阿桑的声音非常平静，在有颗粒感的音色里，她用平稳的情绪与口吻，唱出了寂寞中的暗涌。

我是一棵秋天的树
张雨生
看不见自己的时候
李寿全

那都是老天爷要教会我的事

恋爱中的人，会把自己内心的理想投射在情人身上，即使分开已久，这个理想形象仍然存在。而现实中，对方已经进入了另一个感情世界。

那一瞬间你终于发现

那曾深爱过的人

早在告别的那天

已消失在这个世界

也许那一次见面

是生命给你机会

了解爱只是人所渴望的投射面

只是渴望会改变

他的爱已经不见　已不见

《记念》
作词　姚谦
作曲　蔡健雅
演唱　蔡健雅
发行时间　2000年3月23日
所属专辑　《记念》

对我来说，写过的歌词像日记一样，记录着我对生活的许多看法。每隔一段时间重读曾经写下的词，总有些不同的感触。

《记念》的作曲者、演唱者蔡健雅接受过完整的西方教育，性格坚强、独立幽默，是个有自己想法的女孩。她当时邀请我为她的专辑填词，我恰好从她的经纪人那里听到了一段她的感情故事。于是，在构思这首歌词的时候，我结合了她的性格和经历。她的旋律小样，我特别喜欢，因为跟我过往填词的曲子不太一样，她在许多地方有自己口语的重复性特色，通过这些小变化把这首歌的旋律写得非常丰富。

这首歌词是十多年前写的，我记得那段时间，因为供职的唱片公司总部在东京，所以经常去那里开会。东京跟所有的城市一样，每天都在变，然而在我心中，始终保留着当时对它的印象。后来旅行时再去，看到的东京自然与记忆中的东京对照出了新的感触。回忆也是一种纪念，《记念》这首歌词中，我想说的便是爱情记忆的今昔对照。

相信许多人都有过这样的体会：陷入热恋，情感发展正炽烈的那段时期，每次想起对方总有一种特别幸福的感受，那种感受会在自己心里构成情人的具体形象；然而当事过境迁，两人分手很久后，在毫无预警的情况下再次遇见对方时，你会发现，此刻眼前的那个人与过往你心中对他的想象有了差别。

恋爱中的人，会把自己内心的理想投射在情人身上，即使分开已久，这个理想形象仍然存在。而现实中，对方已经进入了另一个感情世界。只有你自己仍停留在想念者的位置。一旦有机会再见，真实的当下与想象中的形象一经对照，巨大的差异就显现了。你才领悟，原来自己想念那个人，不过是在“记念”那段爱情。形象、气味、爱和想念，都是自己在孤独而一厢情愿地“记念”。

想念变成一条线
在时间里面蔓延
长得可以把世界切成了两个面
他在春天那一边
你的秋天刚落叶　刚落叶

按照我当时的设定，这是一段重遇旧情人的故事。一开始的主歌部分，像故事的序，我先描写了主角还在想念中的感受。

如果从此不见面

让你凭记忆想念

本来这段爱情可以记得很完美

他的样子已改变

有新伴侣的气味　的气味

那一瞬间你终于发现

那曾深爱过的人

早在告别的那天

已消失在这个世界

“如果从此不见面”，所有的想念就不会被揭露，然而能否永不再见却无法完全由自己决定。所以在第二遍主歌时，我开始从一个渴望维持想念的“你”的角度来叙述。想念往往都掺杂着自己的主观意识，会对过往美化或者丑化；无论如何，那种“想念”总是距离事实很远。我要在副歌里写出面对真实、揭开真相的过程，所以第二遍主歌描写见面时，主角发现对方已经有些变化，而那种变化是“气味”的变化。这时候副歌必须清晰点明这首歌想要表述的主题。随着旋律进入故事的高潮，“那一瞬间”，主角领悟到“那曾深爱过的人”，分手之后不断想念的那个人，其实“早在告别的那天，已消失在这个世界”。她想念的，是记忆中营造出的形象。

我没有在歌词里放太多主观的情感，而是用第三者的视角描述接近第一叙述者的感触与故事。创作时，得适当压抑自己的情感，维持客观，才可以让读者也站在你的位置去看这个故事。蔡健雅的旋律带一点儿酷与理性，歌词的笔触就应该有所节制，匹配旋律。

所以我在第二遍的第三段主歌中，试着突显属于蔡健雅的独立自主的特质，“也许那一次见面，是生命给你机会，了解爱只是人所渴望的投射面”。当时写这段歌词，其实是倾向于描述蔡健雅，但创作总会给予人惊喜，这首歌发表一段时日之后，我才明白，原来曾经在歌词里写下的文字，也是老天爷要教会我的事。

创作番外

《记念》在说这样的故事：某天歌中的主角忽然遇见旧情人，惊觉这个想念了一年多的对象已经变了。眼前那人，外表改变不多，气息却有了差别。虽然对方的形象依然停留在交往时的样子，但其实交往过的那个人早已不存在了。那已经是另外一个人，有新的伴侣、新的气味。这个故事实际上是我的真实经历。

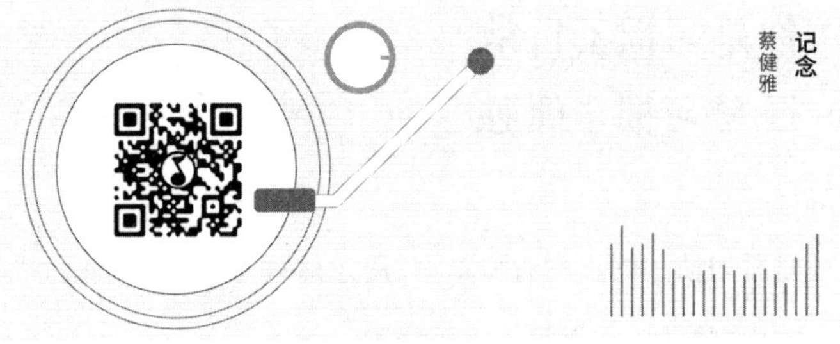
记念
蔡健雅

你是习惯了日常，
还是习惯了孤独

日常习惯了的事物看似单调，用忽然放空的心情靠近去观察时，却发觉了一种恬静。

就像跟你说话时　习惯轻轻
几回呼吸才完成一句
然后一句一句抵消
一公分一公分地想念
还好没那么想你　很快平息

人不是地球上唯一会感到孤单的动物
却唯一会写信

流水作息点点滴滴
忘了关的窗和落单的袜子
还停在平常里
擦不干净的眼镜和桌上的吐司屑
陪着我写着这封信

《平常邮件》
作词　姚谦
作曲　秦昊
演唱　好妹妹乐队
发行时间　2017年4月7日
所属专辑　《实名制》

生活中我有一个爱好，喜欢跟朋友们分享诗，也常从诗中吸收养分来写歌词。诗中常常藏着诗人生活的痕迹。歌词其实也一样，许多寻常事物都能放入词里。

某天我突然察觉，我已经许久没有收到别人写给我的信了——实体的信。我们太依赖网络平台的聊天界面，随时可以沟通，没有开始，没有结束，只传达一些必要的片段信息。在人与人之间大部分的信息传递中，似乎少了早些年缓慢、没有目的、无关紧要的内心情感交流。偶尔有感，都习惯选择表情包里的图片发出去，字里行间少了情感与温度的流动。

因此，写信变成了我很怀念的事。

而《平常邮件》歌词的创作灵感，正与我怀念写信和写信时的心情有关。

《平常邮件》是一首先有词后有曲的歌。收到写词邀约的时候，只有“平常邮件”这个歌名和概念，没有其他限制。

歌词是我在 2017 年春节后写的。假期结束，聚在一起过节的家人从我的屋里散去，回到各自的生活中。一下子，我又回到了数十年来独自生活的状态里。慢慢地整理着东西，我也借机收拾着假日过后的心情。

收拾的同时，想着这几十年来日复一日的生活，发觉自己似乎很少仔细地看平时经常使用的桌子、椅子、喝水的杯子。虽然这些东西都是当年精挑细选买来的，此刻看着却感到陌生。

而在烘干的衣服堆中，又发现了落单的袜子。长年累积下来，孤单的袜子竟然有十几只了。这些日常习惯了的事物看似单调，用忽然放空的心情靠近去观察时，却发觉了一种恬静。

于是我决定用“写一封信”的心情来写《平常邮件》的歌词，假设在对一位朋友说话。我记录着平常生活里的种种琐碎，与对方分享的同时，也对照着观看自己。

流水作息点点滴滴

未来与回忆再加上琐碎的小事

也够写上一封信

不小心都成了慢板长句

就像跟你说话时　习惯轻轻

几回呼吸才完成一句

然后一句一句抵消

一公分一公分地想念

还好没那么想你　很快平息

一边分享，一边偶尔问着：自己是已经习惯了日常，还是早已习惯了孤独？这首歌词是在这样的思考下推进的。

多写的话像在安抚自己

人不是地球上唯一会感到孤单的动物

却唯一会写信

幸好你也不嫌弃

平凡得如呼吸

还记得当时，我俯身在餐桌上写了一上午。一面写，一面懊恼：刚刚收拾的时候桌面没擦干净，还有一些面包屑呢。后来平静下来，不懊恼了，就随手把这也写进歌词里。

流水作息点点滴滴

忘了关的窗和落单的袜子

还停在平常里

擦不干净的眼镜和桌上的吐司屑

陪着我写着这封信

这首歌词更接近书信的语言，没有平仄和字数的限制，也没有对仗的要求、结构的约束。文体自由，感情也可以描述得更自由，多一些生活的细节，多一些情绪的空间。为这样随性的文字谱曲，必然是很大的挑战，幸好作曲者秦昊很熟悉我的文字，给原本松散的歌词谱了贴合的旋律。《平常邮件》最后的录音成品出乎意料地好。曲子是复杂的三段式结构，听起来却一点也不难，随性而舒畅。

这首歌是我在 2017 年收到的一件美好的礼物。

创作番外

谈及这首歌，作曲者秦昊说："给诗谱曲是我全新的体验，打破了自己对中规中矩旋律格式的喜好，也打破了自己非要押韵不可的喜好。"

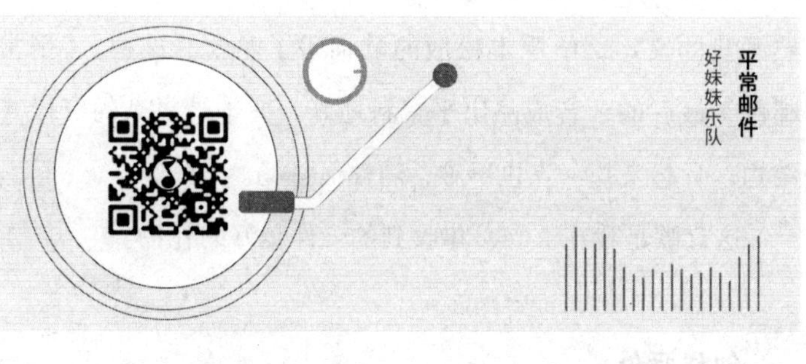
平常邮件
好妹妹乐队

后记

用“歌”记录生命

早些年，我很多的时间都用来写歌词、写流行音乐的企划案或计划书了。而那些与工作无关的书写，则是我日常生活中一个很重要的出口。

我写下的所有跟流行音乐有关的文字，最终都变成了一首一首歌曲、一张一张专辑，它们以“歌”和“唱片”的形式留在了我的生命中。然而除了流行音乐，生活里还有太多的事物值得记录。因此，接到各类专栏邀约时，我很刻意地避开不写我的工作重心——流行音乐，打定主意要在专栏里分享生活。写过喜欢的艺术品、生活中的所思所感、做过的选择，也大量分享了我的旅行故事。

离开唱片公司，不再做管理工作的那一年开始，我有了更多的时间自由地书写。然而回避和离开都不代表我对流行音乐没有感情，我只是简单地用我的方式区隔了工作和生活。而那些和生活有关的文字，更多关于我在应对这个世界的变化时内心的起伏和流转。

虽然很少谈论音乐，但常常会遇到和音乐有关的问题，比如，如何创作出优秀的歌词？如何做一名称职的歌手？如何进入音乐行业工作？等等。这些问题，我也给不出标准的答案。我相信所有从事艺术创作和文艺工作的人，都需要面对自己领域内的现状和竞争。谈及流行音乐，越独立的创作、越勇敢的探险，往往才会带来更多新的可能，成为一股新的力量，甚至俗气一点说，“才会红”。在唱片产业已经没落，数字音乐还在探索，仍未找到较佳的生存模式之际，独立创作、勇敢探索尤为重要。这个开放的时代，做音乐的门槛看似降低了，同一时间，许多音乐的创作和交流在这茫茫的“音乐海”中，正经历着重构新标准、新审美的阶段。

十多年来，我看见许多有才华的音乐人失去了舞台，也看到不少优秀的年轻音乐人找不到突破口。而我很懦弱地选择退出自己尚未找到未来对策的音乐产业，远远观察它。好在数字音乐的世界，已经慢慢显露出一些可循的运转轨迹。

这些年，我过着自认为理想的生活，但心里还是惦记流行音乐的。于是给了自己一点理由和时间，聆听、阅读和分享了我精选且喜爱的音乐作品，完成了我第一本书写华语流行音乐的书《我们都是有歌的人》。

我们都是有歌的人，无论是音乐创作者还是聆听音乐的人，我们都用一首一首的歌，累积出了自己生命的痕迹。当我们回想某一段时光时，也许早已不记得发生在哪一年，但却总记着在那段时光里自己最常听的那些歌。那些歌渐渐成为我们生命中一道道色彩，这些色彩进而构成了我们的人生。即便在数字音乐时代的今日，我相信，用“歌”记录生命的记忆方式仍然是我们生活里不可或缺的。

我们都是有歌的人。

全书曲目一览

自由诗人

李宗盛《生命中的精灵》

李宗盛《开场白》

李宗盛《山丘》

江美琪《我爱夏卡尔》

唐映枫《我纷扬的世间》

陈鸿宇《理想三旬》

刘昊霖《儿时》

陈奕迅《听一千遍后》

张学友《她来听我的演唱会》

吴彤《我爱唱歌因为我寂寞》

王力宏《公转自转》

许钧《自己》

许钧《许和平》

酷玩乐队《Everything's Not Lost》

年轻旅人

陈绮贞《旅行的意义》

钟立风《像艳遇一样忧伤》

郁冬《露天电影院》

钟立风《她为我编织毛衣》

张羿凡《你可以简单地飞舞吗》

杨千嬅《写给城市的诗》

杨千嬅《自由行》

顺子《Dear Friend》

玉置浩二《Friend》

本多 RuRu《美丽心情》

刘若英《原来你也在这里》

林忆莲《Better Man》

萧亚轩《蔷薇》

苏芮《变》

蔡琴《恰似你的温柔》

苏芮《一样的月光》

苏芮《酒干倘卖无》

想念心情

林慧萍《情难枕》

徐晓菁 / 杨芳仪《秋蝉》

孟庭苇《冬季到台北来看雨》

苏芮《牵手》

李宗盛《梦醒时分》

柯以敏《爱我》

曾淑勤《鲁冰花》

罗纮武《坚固柔情》

红蚂蚁合唱团《爱情酿的酒》

侯湘婷《秋天别来》

巴赫《C 大调前奏曲》

尧十三《雨霖铃》

尧十三《瞎子》

吴彤《烽火扬州路》

萧亚轩《窗外的天气》

林忆莲《飞的理由》

陈秋霞《偶然》

爱情哲学

刘胡轶《从前慢》

曾淑勤《不再等待天堂》

曾淑勤《你有什么样的苦》

Heart《All I Wanna Do Is Make Love To You》

邓丽君《我只在乎你》

邓丽君《偿还》

邓丽君《爱人》

邓丽君《任时光在身旁流逝》

蔡琴《最后一夜》

许景淳《玫瑰人生》

萧亚轩《Cappuccino》

萧亚轩《最熟悉的陌生人》

陈粒《奇妙能力歌》

迈克尔 杰克逊《Earth Song》

黄莺莺《是否真爱我》

刘若英《陪伴者》

刘若英《轻？》

刘若英《我的失败与伟大》

莫文蔚《开水与白面包》

寂寞恋人

张艾嘉《她想》

李泰祥 / 唐晓诗《告别》

袁泉《暗恋》

周璇《许我向你看》

袁泉《那件疯狂的小事叫爱情》

潘越云《飞》

齐豫《七点钟（今生）》

齐豫《橄榄树》

林慧萍《说时依旧》

林慧萍《说好见面》

万芳《试着了解》

张学友《最后一封信》

张清芳《Men's Talk》

Charlene《I've Never Been To Me》

Mary MacGregor《Torn Between Two Lovers》

伍思凯《我们之间》

伍思凯《爱到最高点》

李宗盛《和自己赛跑的人》

生命物语

许巍《树》

赵薇《来得及的明天》

刘烨《琥珀之歌》

陈粒《当我在这里》

陈粒《历历万乡》

陈粒《大梦》

罗大佑《光阴的故事》

罗大佑《家 II》

罗大佑《家 I》

罗大佑《神话》

李玟《答案》

苏慧伦《秋天的海》

张雨生《我是一棵秋天的树》

李寿全《看不见自己的时候》

阿桑《寂寞在唱歌》

蔡健雅《记念》

好妹妹乐队《平常邮件》

说明：本书正文中所附音乐二维码均已获得 QQ 音乐授权使用。曲目版本优先选用录音室版本。若 QQ 音乐没有版权则未印刷二维码。若某曲目没有录音室版本，有时会选用现场 Live 版本或其他歌手的翻唱版本。